Titolo originale: Reforming Hunt

Traduzione: Mirella Banfi

La riforma di Hunt

Jules Barnard

Capitolo Uno

Hunt Cade aspirò l'odore di liquori e profumo ed emise un sospiro soddisfatto. Era nel suo elemento al Blue Casinò. Fece un cenno al barista, che alzò il mento per confermare. Gli avrebbero servito il suo drink preferito in un minuto.

Adam, il fratello di Hunt, era dall'altra parte della stanza e parlava con un collega. Adam, il traditore, lavorava al Blue Casinò, mentre Hunt e i loro tre fratelli reggevano il forte al Club Tahoe dopo la morte del padre.

Tre, quattro anni? Era passato così tanto tempo da quando era morto Ethan Cade? Sembrava solo ieri che Hunt era fuori dalla stanza d'ospedale del padre e riceveva quella notizia. E non era stata una morte veloce. Al loro padre avevano diagnosticato il cancro mesi prima, ma aveva sofferto in silenzio. Quando Hunt e i suoi fratelli avevano scoperto la verità, il padre era già passato a miglior vita.

Finita la conversazione, Adam alzò finalmente gli occhi e incrociò lo sguardo di Hunt. Sempre elegantissimo nel suo abito firmato, mormorò qualcosa al collega e si fece strada verso Hunt.

«Prendo una birra» disse l'amico di Hunt, Chris. Quella sera era la spalla di Hunt. Chris si avviò verso il bar, con il passo spavaldo, sorridendo a una bionda che passava.

Adam si avvicinò a Hunt e gli diede una pacca sulla spalla. «Non eri qui anche ieri sera?»

Hunt ispezionò la sala. «E con ciò?»

«Devi farti una vita.»

Hunt tossì nel palmo della mano. «*Io* ho bisogno di farmi una vita? Tu sei sposato e sembra che abbia dimenticato che lì fuori c'è tutto un mondo.»

Adam sorrise lascivamente. «Perché dentro casa ci si diverte molto di più.»

Giusto. Hayden, la moglie di Adam, era bella. Suo fratello trovava sicuramente il modo di occupare il tempo. Ma comunque, dov'era la varietà? Dov'era l'energia della caccia?

Adam lo fissò. «Potresti prendere in considerazione qualcosa di più duraturo di un rapporto occasionale.»

«Io mi atterrò ai miei divertimenti attuali, grazie tante.» Hunt aveva già fatto una ricognizione, ma ispezionò palesemente di nuovo la sala per dimostrare al fratello che le sue parole non lo toccavano.

Purtroppo Hunt vide molti volti familiari, a dimostrazione che Adam aveva ragione.

Di tutti i fratelli Cade, Hunt era quello che si era dato più da fare. Che c'era di sbagliato?

Adam si ficcò la mano nella tasca dei pantaloni, con un'espressione fastidiosamente preoccupata. «Cerca di non prendere una malattia venerea.»

Hunt lo guardò storto. «Si chiamano *preservativi*. Sono sani come un pesce.» Raddrizzò la camicia button-down; indossava ancora i jeans. Nemmeno da morto l'avrebbero colto negli abiti firmati che Adam sfoggiava tutti i giorni.

«Sei sicuro?»

«Sì, sono sicuro» disse Hunt. «Mi faccio controllare, stronzo.» Accidenti, i suoi fratelli erano irritanti.

Adam diede un'occhiata al suo Rolex. «Volevo solo controllare.» Ma Hunt capiva che le sue "attività" degli ultimi anni preoccupavano suo fratello. Non era mai successo. Era solo da poco, da quando tutti i suoi fratelli si erano sistemati che Hunt riceveva tanta pressione dalla sua famiglia.

«Vado» disse Adam. «Hayden e io abbiamo dei progetti.»

Hunt strinse gli occhi. «Progetti veri o lo stai solo dicendo per andartene e portare a letto tua moglie?»

Adam scosse lentamente la testa, come se Hunt stesse dicendo una cosa ridicola.

Che ipocrita. Adam all'apparenza era raffinato, ma Hunt sapeva la verità. Suo fratello aveva la sua storia con le belle donne. Quella parte della sua vita poteva essere passata, ma Adam non aveva mai nascosto il fatto di approfittarsi della cosa più bella dell'essere sposato. Secondo l'opinione di Hunt, *l'unica* cosa bella.

«Non seduco mia moglie ogni minuto di ogni giorno» disse Adam. «Levi ed Emily vengono a cena e poi guardiamo *The Bachelor*.»

Hunt chiuse gli occhi e sospirò pesantemente. «Passare del tempo con tuo fratello e la sua ragazza a guardare un reality non è "avere dei progetti". Tanto varrebbe che ti mettessi un pannolone e indossassi un salvavita. Hai già un piede nella fossa, fratello.»

Adam salutò il collega con cui stava parlando prima. «Non respingere l'idea finché non la provi.»

«Passo» disse distrattamente Hunt che voleva disperatamente dare il via alla serata. Le vite amorose dei suoi fratelli erano deprimenti.

«Ti vedrò alla prossima serata birra?» disse Adam. «O magari qui domani sera?» aggiunse con un sopracciglio alzato.

Probabile, pensò Hunt. «La serata birra è sempre okay, e assicurati di portare Hayden questa volta. Quella donna lavora troppo.»

«Non dirmelo.» Adam strinse la mano a Hunt e se ne andò.

Qualche minuto dopo, Hunt si appoggiò ai morbidi cuscini grigi nel lounge pieno fino a scoppiare di bella gente in vacanza e dell'élite alla moda del Lago Tahoe. Chris aveva trovato per loro una posizione ottimale, perfetta per vedere il bar e la pista da ballo. Hunt sorseggiò il suo Gin & Tonic, rilassandosi per la prima volta in tutta la giornata.

«Bar, ore quattro» disse Chris, bevendo un sorso di birra.

Hunt diede un'occhiata nella direzione indicata dall'amico, anche se la parola "amico" poteva essere eccessiva, visto il tipo di società che avevano formato lui e Chris.

Chris lavorava al Club Tahoe come portiere ed era sempre disposto a uscire. Anche se Hunt sospettava che fosse per approfittarsi dei vantaggi che gli procuravano i contatti di Hunt in città. Ma fare da spalla era vantaggioso per entrambi. Era più facile avvicinare una donna quando si era in due. E man mano che Hunt invecchiava, la maggior parte dei suoi amici era sparita dalla scena, avendo una partner fissa.

Che fessi!

Hunt aveva già notato due donne sedute al bar. «Quale?»

Una delle donne indossava un corto abito metallizzato e

tacchi da 10 centimetri. Aveva lunghi capelli scuri e trucco pesante e sembrava una modella di Instagram. La donna accanto a lei però sembrava un tipo insolito per quell'ambiente. Indossava jeans aderenti e un top sexy, e fin lì andava tutto bene. Ciò che stonava erano le calzature. Ai piedi aveva quelle calzature di gomma che indossavano le infermiere. Gloc? Clog? Erano una strana scelta per un club di alto livello.

«Quella sexy» disse Chris.

Hunt studiò entrambe le donne. I loro stili erano diversi, ma erano entrambe carine. La donna con gli zoccoli di gomma aveva semplicemente uno stile più naturale. Comunque Hunt riusciva a trovare qualcosa di bello in ogni donna.

«Io ci sto» Hunt prese il suo drink e si avvicinarono.

La donna con gli zoccoli li vide per prima. Abbassò la testa e disse qualcosa alla sua amica.

«State passando una bella serata signore?» chiese Hunt alla donna dai capelli scuri.

Non era esattamente una battuta originale, pensò Hunt, ma in posti come quello la gente non cercava la poesia. Cercavano qualcuno da rimorchiare.

«In effetti sì.» La donna dai capelli scuri diede di gomito alla sua amica e l'altra donna mormorò qualcosa che sembrava una conferma soffocata.

Ora che era vicino, Hunt notò i colpi di sole dorati nei lunghi capelli castano chiaro ondulati della donna con gli zoccoli. Bei capelli che ricadevano come una cascata e sembravano morbidi al tocco. Non aveva ancora potuto dare una bella occhiata ai suoi occhi, ma la bocca piena e morbida era decisamente da baciare.

La donna passò il dito sul lato del bicchiere di birra gelata ed evitò il suo sguardo.

Poteva essere timidezza, ma Hunt aveva abbastanza esperienza da cogliere i segni di qualcuno che non era lì per socializzare. Cosa che lo confuse. Perché andare in un club se non si aveva intenzione di socializzare?

Capitava raramente a Hunt di imbattersi in una donna cui non interessasse parlare (o fare di più), ma quando succedeva lui si allontanava. Lui era lì per flirtare.

Era proprio da Chris mirare a una coppia di donne con una metà non interessata.

L'ultima cosa che voleva Hunt era mettere a disagio quella donna. Comunque ci doveva provare, per il bene di Chris. Faceva parte dei suoi doveri di spalla.

Chris chiacchierava con la simil-modella di Instagram e Hunt si rivolse alla sua amica. «Sono Hunt, come ti chiami?»

Lei depose la birra sul ripiano e gli strinse la mano. «Abby.» Mani morbide e bella voce.

«Vieni qua spesso?» Non era così. Lo sapeva perché lui era lì quasi tutte le sere.

«Per niente.»

«Vieni da fuori città?» le chiese. Era un enigma in quel posto.

«Vivo qui. Solo, non esco spesso.»

«È un peccato» disse Hunt, aggiungendo un tono seducente al suo tono di voce.

Lei alzò finalmente gli occhi, abbastanza a lungo perché potesse dare un'occhiata ai suoi occhi. Marrone chiaro, o biondi, se mai fosse esistita una cosa simile. Una tonalità di marrone così chiara che non aveva mai visto prima.

Abby aggrottò la fronte e ridacchiò. «Non proprio. Questo posto proprio non fa per me» disse gentilmente.

«Non ti piace uscire con gli amici?»

Lei gli lanciò un'occhiata. Una che diceva che sapeva che cosa avesse in mente. «Sì, ma non in posti come questi.»

«Dove preferiresti essere?»

«Sinceramente? Probabilmente a casa a guardare *The Bachelor*.»

Hunt scoppiò in una fragorosa risata. Era possibile trovare una donna meno compatibile con lui? «Mio fratello è appena andato a casa per guardarlo con sua moglie.»

Lei sorrise. Un sorriso sincero che trasformò i suoi lineamenti da carini a belli e fece qualcosa al petto di Hunt, come una sensazione di costrizione. Per non parlare del calore che il suo corpo aveva di colpo cominciato a irradiare.

Okay, forse non erano così incompatibili, dopotutto.

«Lo guardi anche tu?» gli chiese.

«Assolutamente no» disse Hunt. «Preferirei fare praticamente qualunque altra cosa anziché guardare un reality show romantico in TV.»

Lei lo fissò, apparentemente dimentica del suo desiderio di non lasciarsi coinvolgere. «Dovresti provare. C'è qualcosa di più del romanticismo. In effetti, la storia d'amore potrebbe essere secondaria rispetto all'esperimento sociale di cambiare le carte in tavola, facendo sì che siano le donne le cacciatrici. È veramente divertente.»

«Quando lo descrivi in questo modo, sembra qualcosa che potrebbe piacermi.» Le rivolse il suo sorriso da premio Oscar.

E lei si tirò indietro.

Da quando il suo sorriso non riusciva a sciogliere le mutandine da lì fino alla frontiera?

Mai successo.

Aveva qualcosa tra i denti? No, nemmeno quello aveva mai impedito a una donna di abbassare la guardia, una volta che Hunt avesse impiegato a tutta forza il sorriso dei Cade, e lui lo usava a volontà.

Abby chiuse gli occhi. «Permettimi di fermarti subito. No so che cos'hai in mente, ma non sono interessata.»

Hunt si premette la mano sul cuore. «Ahi. Nemmeno un po'?»

Lei fece una risatina. «No.»

«È veramente una crudeltà» disse Hunt, ma stava sorridendo. Lei non era proprio il suo tipo, ma era schietta e la cosa gli piaceva. La maggior parte delle donne che frequentava assomigliava all'amica di Abby. Belle, che cercavano una notte di divertimento. La sincerità non c'entrava nulla.

«E se fossi l'uomo migliore che incontrerai mai?» Battuta fiacca, ma accidenti, era competitivo. E Abby aveva gettato il guanto di sfida, rifiutandolo senza mezzi termini.

Lei alzò gli occhi, come se stesse prendendolo in considerazione. «Beh, è possibile, ma c'è un problema. Diciamo che ho un certo bagaglio, una zavorra, se vuoi.»

«Tutti hanno dei bagagli.»

«Nel mio caso è grande come un camion.»

Hunt si chinò verso di lei. «Beh, sembra gigantesco. Vuoi dirmi che cosa comporta un bagaglio simile? Non si sa mai, potrebbe non darmi fastidio.» Da dove diavolo erano uscite quelle parole? Chiaramente, il fatto che l'avesse respinto l'aveva sconvolto. Quando le donne volevano più di quello che lui era disposto a dare, Hunt non si limitava ad andarsene, lui se la dava proprio a gambe.

«No, non in modo particolare.»

«Giusto» disse Hunt. «Quindi non prenderesti mai in considerazione di passare del tempo con me a causa del già menzionato bagaglio, ma guarderesti *The Bachelor* e, in effetti, lo preferiresti al socializzare. È tutto giusto?»

Lei si picchiettò il dito indice sulle labbra e lo sguardo

di Hunt restò bloccato sulla loro pienezza e morbidezza. Le sue labbra lo distraevano e lei non stava nemmeno tentando di sedurlo. «Hai più o meno descritto la mia vita. Sei un uomo attraente.» Lo guardò bene dalla testa ai piedi. «Alto, pieno di muscoli sotto quella camicia, se non sbaglio. E hai quel volto cesellato, bello. E i tuoi occhi, wow, hai veramente dei begli occhi.» Lo fissò per un momento e poi sbatté le palpebre. «Ma sono sicura che l'hai già sentito dire.»

«Forse.» Hunt strinse gli occhi. «Allora, se sono un esemplare così magnifico di virilità, perché non darmi una possibilità?» Hunt non era sicuro di volere una possibilità con questa donna, ma c'era qualcosa in lei... Era interessante e diversa dalle donne che frequentava di solito.

«È per via del mio bagaglio» disse lei, decisa.

«Giusto» disse Hunt. «Il bagaglio. Roba pesante, eh?»

Lei annuì. «La più pesante.» E questa volta, il suo atteggiamento scanzonato scivolò via. Si morse il labbro e distolse lo sguardo.

Hunt nascose una smorfia, perché si rifiutava di farlo quando stava flirtando, e lo sforzo gli fece contrarre le mascelle con il finto sorriso che manteneva. Se c'era qualcosa che Hunt non riusciva ad affrontare era una donna triste. Era il motivo per cui passava tanto tempo a cercare di farle felici. Solitamente, usando la bocca e il corpo.

E poi gli venne in mente qualcosa. Lui si stava godendo la conversazione, ma lei? «Parlare con me ti mette a disagio? Preferiresti restare da sola?»

Lei alzò gli occhi. «Sinceramente non sono venuta per parlare con gli uomini, ma perché la mia amica voleva dare un'occhiata a questo posto. Lavoriamo insieme e le avevo promesso di accompagnarla, in modo che non fosse da sola.»

E quello fu il segnale. Non si tirava mai indietro davanti

a una sfida, ma questa donna non era interessata, veramente. E lui non era un cavernicolo, non del tutto almeno.

Hunt finì la birra e appoggiò il bicchiere sul bancone. Non poteva far sparire il suo bagaglio ma poteva sparire lui se poteva farla sentire meglio. «Non sono il tipo che infastidisce una signora.» Le prese la mano e la strinse piano. «È stato un piacere conoscerti, Abby. Ti lascio alla tua birra.»

Hunt se ne andò, in direzione di amici che aveva notato quando era entrato. I suoi passi erano lunghi e sicuri, ma il suo incontro con Abby l'aveva sbilanciato.

La maggior parte delle donne che incontrava nei club cercava il tipo di attenzioni che Hunt poteva offrire in quantità. Ma non Abby. Gli sarebbe piaciuto conoscerla meglio. Ovviamente non in modo serio...

Allo stesso tempo, non riusciva a immaginare di conoscerla in qualunque altro modo.

Capitolo Due

Quando aveva sette anni Hunt voleva diventare un pirata. Certo, viveva con suo padre e i suoi quattro fratelli sulla riva di un lago e non vicino all'oceano, ma... *erano dettagli*. Sarebbe diventato un pirata e avrebbe salvato le donne in alto mare, nel lago Tahoe. L'antitesi del vostro tipico pirata saccheggiatore, ma, di nuovo... *dettagli*. Hunt aveva perso sua madre all'età di un anno e mezzo e non la ricordava. Quale miglior obiettivo nella vita che non proteggere le altre madri? E le belle ragazze, quell'estate aveva deciso che gli piacevano le ragazze carine.

Quando compì quattrocidi anni le ragazze gli piacevano ancora di più: quelle carine, quelle dolci, quelle che portavano gli occhiali... E si dava molto da fare per scoprire ciò che volevano in modo da poterlo offrire. Portava i loro libri tra una classe e l'altra. Infilava lettere nei loro armadietti magnificando la loro bellezza e non passò molto che Hunt perdesse la sua verginità con una delle ragazze che ammirava tanto.

Qualche anno dopo, le abilità di pirata di Hunt furono

messe alla prova quando si innamorò di una donna bella e vivace.

C'era solo un problema. Lisa aveva qualche anno più di lui e lo stronzo che cercava di far del male alla sua beneamata altri non era che Levi, il fratello maggiore di Hunt.

Perché Lisa, a quel tempo, era la ragazza di Levi.

Hunt sapeva di essere l'uomo peggiore al mondo perché si era innamorato della ragazza di suo fratello. Sapeva di essere ancora più un coglione perché flirtava con Lisa e le dava tutto ciò che suo fratello non le dava, come avrebbe fatto qualunque bravo pirata. Ma non poteva farne a meno. E non avrebbe potuto prevedere il danno che il suo amore per Lisa avrebbe fatto alla sua famiglia.

Oltre un decennio dopo, Levi non lo aveva ancora perdonato del tutto. Ma avevano fatto grandi passi in avanti per superare il loro estraniamento. Levi aveva voltato pagina da parecchio tempo, in particolare con Emily, la sorellastra di Lisa. Ironico, vero?

Levi si era follemente innamorato di Emily quando lei si era unita alla squadra direzionale del Club Tahoe. A quel punto Levi aveva capito quanto fosse stato intransigente con Hunt in tutti quegli anni, perché nessuno era perfetto. Non quando Cupido si metteva in mezzo.

Anche Hunt aveva voltato pagina dopo il disastro del suo primo amore. Era un Cade, dopotutto, e ai Cade non mancava l'attenzione femminile. Ma Hunt si sforzava più dei suoi fratelli di ottenere l'affetto di una donna, perché lo desiderava disperatamente.

Stare con una donna, qualunque donna, era essenziale per il suo benessere. Purché non si innamorasse di nuovo. Quello era stato il peggior errore che avesse mai fatto e aveva quasi distrutto la sua famiglia.

Hunt era fortunato che Abby lo avesse rifiutato la sera

prima al club. Non sapeva che cosa ci fosse in lei, ma sospettava che se gli avesse permesso di corteggiarla non ne sarebbe uscito indenne.

I fratelli erano tutto ciò che aveva Hunt. Oh, litigavano da matti e discutevano costantemente, ma si guardavano le spalle a vicenda. Sempre.

Alzò le braccia sopra la testa e si stiracchiò, guardando la spiaggia del Club Tahoe che gestiva. Erano quasi le sei del pomeriggio e gli adoratori del sole erano rientrati per cambiarsi per una notte di cene sontuose e gioco d'azzardo nel resort del Club Tahoe.

Il suo cliente preferito del Club dei Bambini venne verso di lui, scalciando la sabbia, con la testa china.

Hunt controllò il suo telefono mentre si avvicinava. Era passata da un pezzo l'ora in cui i genitori venivano a riprendere i figli. E, sfortunatamente, non era insolito che Noah fosse l'ultimo a lasciare il resort. «Che succede, ometto? Va tutto bene?»

Noah aveva appena compiuto cinque anni ed erano parecchi mesi che frequentava il Club dei Bambini. Presto il ragazzino sarebbe andato a scuola ma Hunt sperava che i genitori di Noah continuassero a mandarlo al club per il programma di doposcuola e quello estivo. Si era affezionato al bambino e non gli piaceva l'idea di non vederlo.

«Mia nonna non c'è» disse Noah con gli occhi lucidi per le lacrime non versate.

Hunt si sentì stringere il petto. Se c'era qualcosa di peggiore del vedere una donna triste era vedere un bambino triste.

Hunt si rispecchiava facilmente in Noah, perché era stato il bambino trascurato più volte di quanto potesse contare. Era il più giovane di cinque fratelli, senza madre e con un padre che metteva il lavoro davanti alla famiglia.

Hunt aveva imparato in giovane età a restare appiccicato ai suoi fratelli, altrimenti sarebbe rimasto indietro.

Si accucciò per essere allo stesso livello di Noah. «Bene, perché ho bisogno del tuo aiuto per pulire la spiaggia e il molo. Che ne dici?»

Noah sembrò sospettoso, ma poi lanciò un'occhiata alla barca. Sorrise, il volto dalla pelle chiara, coi capelli biondi che sparavano da tutte le parti. Noah amava le barche quanto Hunt e Hunt le usava per trasformare la solitudine della fine della giornata in un gioco, per distogliere la mente di Noah dalle altre cose.

Il ragazzino annuì e si avviarono verso il molo, proprio quando il cellulare di Hunt vibrò nella tasca dei suoi jeans,

Guardò lo schermo.

Chris: *Stasera usciamo. Ho appena conosciuto le ragazze più sexy e sono pronte a far festa. Ci vediamo all'ingresso tra un quarto d'ora.*

Hunt si rimise in tasca il telefono e mise la mano sulla spalla di Noah. «Sai dove sono gli stracci? Prendine uno e mi potrai aiutare a pulire la fiancata della barca.» Non aveva veramente bisogno di aiuto per lucidare la barca, dato che l'aveva già fatto, ma era uno dei lavori preferiti di Noah. «Ricordati di tenere i piedi sul molo e di non chinarti. Non ho voglia di ripescare un Noah stasera. L'acqua è fredda.»

Noah ridacchiò e si precipitò verso il secchio pieno di stracci, messi da parte proprio per quello scopo. Ne prese uno e arricciò il naso. Lo ributtò dentro e ne afferrò un altro per poi correre verso la barca.

Hunt scosse la testa. Il suo "assistente" stava diventando molto pignolo quando si trattava di prendersi cura delle barche, e sembrava che Hunt dovesse fare un lavoro migliore quando faceva lavare gli stracci.

Hunt era il responsabile della spiaggia e delle attività in barca del Club Tahoe. Dei quattro fratelli che lavoravano al club, Hunt aveva di gran lunga il lavoro migliore. Levi era l'Amministratore Delegato e Hunt avrebbe preferito prendere un calcio sui denti pur di evitare la roba stressante con cui aveva a che fare Levi.

Il terzogenito, Bran, gestiva i ristoranti. Di nuovo, fanculo quel lavoro. Bran aveva a che fare con camerieri idioti che si davano malati qualche minuto prima del loro turno e clienti affamati che si arrabbiavano se dovevano attendere. Poi c'era Wes, che gestiva la clubhouse e il campo da golf. Wes e Hunt collaboravano spesso per gli eventi che riguardavano i bambini ora che il club aveva creato corsi di golf specifici per loro. Il lavoro di Wes a volte poteva essere stressante, ma lui era un golfista di professione. Hunt non pensava che gli dispiacesse essere responsabile di quel settore.

Hunt si era anche assunto l'incarico di aiutare a programmare eventi per i bambini per il loro club perché quella roba era divertente. Giocare con i bambini, quando non stava gestendo tour in barca per i turisti e gli ospiti del resort, faceva passare piacevolmente le giornate.

Noah si mise in ginocchio accanto alla vecchia barca di legno, quella che il padre di Hunt aveva comprato due decenni prima, retaggio dei primi giorni del Lago Tahoe. Il Club Tahoe aveva altre barche ma quella di legno era la preferita di tutti.

«Ecco, strofina il lato finché brilla.»

Hunt ripose il secchio di stracci e portò via alcune cose dal molo. Guardò oltre la spiaggia. Tutti i bambini erano andati a casa e non si era ancora presentato nessuno a prendere Noah.

Hunt fece un cenno a una delle assistenti accanto alla sala giochi del Club dei Bambini.

Brin lo salutò, mettendo da parte la cartellina che aveva in mano. Attraversò in fretta la sabbia per andare sul molo.

«Bel lavoro, Noah» disse Hunt. «Continua e poi butta lo straccio nel pozzetto del timone. Qui siamo a posto.»

Hunt sollevò il bambino per metterlo sulla barca e Noah corse verso la prua. Gettò lo straccio che cadde sulla ruota del timone. Hunt gli stava insegnando il linguaggio nautico ed era maledettamente fiero che il bambino fosse andato nella direzione giusta. Insegnargli l'ordine poteva aspettare.

Hunt afferrò Noah e lo rimise sul molo. «Ecco Brin.»

La studentessa del college che lavorava part-time come assistente del Club dei Bambini salì sul molo e guardò Noah con un enorme sorriso sul volto.

Erano tutti al corrente della famiglia inaffidabile di Noah e, come squadra, cercavano di rendere le cose più facili per lui.

«Ehi, Noah» disse Brin. «Vuoi aiutarmi a dar da mangiare agli animali prima di andare a casa? Il tuo aiuto mi servirebbe veramente.»

Hunt osservò Noah che andava con Brin, con un'espressione cupa sul volto. Se avesse potuto prendere a sberle i genitori di Noah per fare in modo che apprezzassero il loro splendido figlio, lo avrebbe fatto volentieri.

Andò verso l'entrata del resort per incontrarsi con Chris, ma la sua mente era ancora rivolta a Noah e alla sua mancanza di una famiglia affidabile.

«Hai ricevuto il mio messaggio?» chiese Chris.

Hunt sorrise a una famiglia che entrava nel club e si fece da parte per farli passare. «Sì.»

«Ci stai?»

«Certo che ci sto.»

Chris lo guardò. «Ci hai messo parecchio; non hai mai risposto al mio messaggio.»

«Non sei la mia ragazza. Datti una calmata.» Noah era più importante della stupida roba che aveva organizzato Chris. Quindi, in qualche modo, sì, altre cose venivano prima della caccia alle donne.

Hunt aveva quasi trent'anni e aiutava i suoi fratelli a gestire un resort multimilionario mentre Chris era un portiere con cui Hunt andava nei club. Hunt poteva anche essere un donnaiolo, ma non era completamente ignaro di cosa fosse importante nella vita.

Chris tolse un pelucco dalla sua uniforme del Lago Tahoe. «Di solito mi rispondi subito quando si parla di rimorchio.»

«E allora?» Hunt intravvide un'auto che si fermava scoppiettando davanti al club.

«Prima mi scarichi mentre sto per rimorchiare una tipa sexy, ieri sera al bar, e adesso la tiri per le lunghe riguardo all'uscire. E comunque, cos'è successo ieri? Era quasi fatta finché tu te ne sei andato, abbandonando la sua amica.»

Hunt aveva recitato il suo ruolo la sera prima, ma c'erano limiti a ciò che era disposto a fare per un amico. Mettere a disagio una donna oltrepassava quei limiti. «Non insisto quando non c'è nessuna possibilità» disse Hunt, con l'attenzione ancora fissa sul vecchio catorcio e la donna che stava scendendo.

Gli dava la schiena mentre si metteva dietro l'orecchio una ciocca di capelli castano chiaro ondulati e diceva qualcosa al parcheggiatore. Agitò le mani, indicando l'auto e l'entrata del club.

«Allora, che problema c'era?» disse Chris. «Una donna ti ha finalmente rifiutato...»

E fu a quel punto che Hunt smise completamente di ascoltare Chris. Perché vide di sfuggita il volto della donna. Era arrossata, ma non c'era nessuna possibilità di errore.

Hunt fece un cenno al parcheggiatore e l'uomo si avvicinò correndo. «Che sta succedendo?»

«L'auto di quella donna si è guastata davanti all'ingresso. Le ho detto che non può parcheggiare qui.»

Hunt sentì la pressione che saliva. «Se l'auto si è rotta, non può precisamente muoverla. Torna là e dille che te ne occuperai tu.»

«Io? C-cioè...» Balbettò il parcheggiatore. «Come?»

«Chiama il capo della manutenzione. Che controlli se riesce a farla ripartire. Se non è possibile, digli di farla rimorchiare al Jeffery Mechanic Shop. Il club pagherà il carro attrezzi. Non siamo un alberguccio, noi ci prendiamo cura dei nostri clienti.»

Il parcheggiatore tornò di corsa dalla donna e sembrò si stesse scusando.

Lei aveva le braccia strette intorno alla vita e annuì. Poi guardò nella direzione di Hunt e, per qualche stupido motivo, lui non distolse gli occhi.

Indossava una divisa da infermiera, cosa che spiegava gli zoccoli di gomma della sera prima.

«Hunt?» Chris schioccò le dita davanti alla faccia di Hunt. «Ci sei ancora?»

Hunt diede un'occhiataccia a Chris. «Rifallo e perderai un dito.»

Chris alzò le mani. «Rilassati amico.» Guardò nella direzione in cui stava fissando Hunt. «Chi è quella donna? Sembra familiare.»

«Nessuno» disse Hunt, ma continuò a guardare di sottecchi Abby che entrava nel club, affrettandosi, mentre il parcheggiatore le teneva aperta la porta.

«Ah» disse Chris annuendo e guardando Abby e poi la sua auto. «Capisco. Tu sei uno di quei bastardi cavallereschi. È così che becchi tutte le donne.»

Hunt riportò l'attenzione sul suo pseudoamico che stava diventando meno un amico giorno dopo giorno. «Se piaccio alle donne è perché do loro quello che vogliono. Sono gentile con loro. Dovresti provarci, qualche volta.»

Chris si mise a ridere. «Va bene. Ci vediamo stasera alle dieci allo Sky Lounge.»

Hunt entrò nella hall, ma Abby non si vedeva da nessuna parte.

Quando tornò al Club dei Bambini, Noah non c'era più.

Per un attimo, Hunt si chiese se Abby fosse venuta a prendere il suo bambino preferito, ma non aveva detto di avere un figlio. Solo un bagaglio. E Hunt non considerava i bambini un bagaglio. Se Noah era il figlio di Abby.... Beh, era un bene che non avesse potuto conoscerla meglio, perché era una cosa che nemmeno la sua dubbia moralità riusciva ad accettare. Non avrebbe mai frequentato una donna che abbandonava in quel modo suo figlio.

Per quanto ne sapeva Hunt, erano i nonni che venivano a prendere Noah. Abby doveva essere lì per qualche altro motivo. E dato che non era riuscito a trovarla, sembrava che Hunt non avrebbe mai saputo qual era.

Capitolo Tre

Abby aveva lavorato per dodici ore di fila, era stanca morta dopo il suo turno e parte di quello di un'altra infermiera che si era data malata.

Stava studiando per ottenere la laurea di II livello quando la sua vita aveva subito una brusca svolta. Adesso le restavano lunghi turni di lavoro e tante responsabilità e il suo sogno di completare l'ultimo livello della laurea in Scienze infermieristiche era svanito anni prima. In giornate come quella, quando tutto sembrava andare storto, si chiedeva se sarebbe mai riuscita a riprendere fiato.

«Abby» aveva detto la nonna paterna di Noah al telefono. «Oggi non riusciremo ad andare a prendere tuo figlio.»

Abby quasi si soffocò con un sorso della bevanda alla caffeina che stava ingurgitando durante la breve pausa. «Ma sto facendo un turno lungo.»

«Mi stai dicendo che non riesci a essere una madre? È il *tuo* lavoro. Ma l'ho detto prima e lo ripeto: il padre di Trevor e io saremmo più che felici di accollarci la responsabilità di crescere Noah, se tu vuoi perseguire la tua carriera.»

In altre parole, se Abby voleva rinunciare all'affidamento di suo figlio.

Niente da fare. Mai.

Dopo la morte improvvisa di Trevor quando Noah era piccolo, non c'era stato nient'altro nella sua vita, tranne occuparsi del suo bambino. «Ho tutto sotto controllo.»

Ma non era vero. Non nella realtà.

Abby ripose il telefono e digrignò i denti. Vivian era stata gentile e dolce quando il suo ragazzo, Trevor, era stato vivo. Ora era diventata tutta un'altra persona. Una perdita simile a volte poteva colpire le persone in quel modo e sembrava fosse ciò che stava succedendo a Vivian.

Tutto, incluso il conto corrente di Trevor, era stato congelato il giorno in cui era morto. La casa era di proprietà dei genitori. Quindi anche se Abby viveva con lui, era stata obbligata a trasferirsi, non essendo in grado di pagare l'affitto che richiedevano i suoi genitori. Fu più o meno allora che Abby si rese conto fin dove sarebbe arrivata Vivian pur di tenersi stretto l'ultimo brandello di suo figlio.

Abby aveva finito per lasciare l'università, accettando un lavoro a tempo pieno e trasferendosi nel minuscolo cottage dove lei e Noah vivevano tutt'ora. Arrivava malapena a fine mese, ma ci riusciva purché ogni tanto facesse un doppio turno.

Abby rispose il più in fretta possibile alle chiamate dei pazienti che avevano contattato i loro medici e lasciò prima il lavoro. Di nuovo. Ma non c'era altro da fare. Non c'era spazio per gli errori quando si trattava di crescere Noah. Vivian era tra le quinte, fin troppo pronta a lanciarsi appena Abby avesse commesso un errore.

Andò alla sua auto, un vero catorcio, e si diresse verso il Club dei Bambini. Dio, detestava essere in ritardo per suo figlio. Non c'era mai tempo a sufficienza per lavorare, occuparsi delle faccende domestiche e passare un po' di tempo con Noah. Era preoccupata che lui non sapesse quanto gli voleva bene. Preoccupata che non sapesse che lui era tutto il suo mondo.

Abby arrivò vicino all'entrata del Club Tahoe, aspettando un momento mentre una famiglia usciva davanti a lei, poi rimise la marcia. Ma dato che quella giornata aveva fatto schifo e non sembrava avesse intenzione di migliorare, la sua auto scelse proprio quel momento per collassare e morire davanti al resort di lusso.

Merda.

Abby scese dall'auto e cercò di spiegare al parcheggiatore la storia poco felice della sua auto, e che qualche volta si spegneva. Che, tra cinque o dieci minuti sarebbe ripartita. Il parcheggiatore non ne voleva sapere.

Finché vide qualcosa, o *qualcuno*, oltre la spalla di Abby. «Un attimo, per favore.» Il parcheggiatore partì di corsa e Abby guardò l'ora. Si avvolse le braccia intorno alla vita, frustrata per la sua auto inaffidabile e preoccupata per Noah.

Quando tornò qualche minuto dopo, l'espressione del parcheggiatore si era ammorbidita. «Mi occuperò io della sua auto, signora. Entri pure.»

«Davvero? Cioè, è sicuro?»

«Sì, signora.» Le indicò di andare.

Abby prese il favore per ciò che era, un dono di Dio, e si affrettò verso le porte del Club Tahoe. Ma non prima di aver guardato nella direzione in cui era corso il parcheggiatore.

E vide Hunt, l'uomo attraente della sera prima.

Che diavolo...?

Hunt era stato il "secondo" del suo amico, in modo che l'altro tizio potesse parlare con la bella collega di Abby. Ma ciò che era cominciato come l'obbligo di parlare con Hunt mentre la sua collega flirtava con il suo amico si era trasformato in qualcosa di più naturale e meno forzato man mano che chiacchieravano. Si era quasi persa nella conversazione, finché si era resa conto che passare il tempo con uomini come Hunt non era nel suo destino, almeno finché Noah era piccolo e aveva bisogno di lei.

Aveva colto l'espressione delusa quando gli aveva spiegato che non era interessata e, anche se le dispiaceva averlo allontanato, era stata la cosa giusta da fare. Ne era sicura.

Quasi sicura. Quasi del tutto sicura.

Era passato molto tempo da quando un uomo aveva dimostrato interesse per lei. Era scioccata di aver avuto la forza di non cedere davanti a quella bella faccia e al sorriso sexy. Davvero, era stata una dimostrazione immensa di forza di volontà, se ci ripensava. Poteva essere stata casta dopo la morte di Trevor, ma non era perché non sentisse la mancanza di qualcuno nella sua vita. Suo figlio e il suo lavoro semplicemente le prendevano tutto il tempo libero.

Distolse lo sguardo, con il viso rosso per l'imbarazzo. Ovvio che l'auto morisse proprio davanti a *quell*'uomo.

Era una strana coincidenza imbattersi in Hunt il giorno dopo averlo conosciuto, ma non aveva tempo per pensarci. Se aveva fatto qualcosa per aiutarla con la sua auto, gli era debitrice. E se ne sarebbe preoccupata dopo.

Capitolo Quattro

Hunt si svegliò con la madre di tutti i dopo sbronza. La sera prima la sua missione era stata di annebbiare la mente con l'alcol e accidenti se ci era riuscito.

Il dolore pulsò nella sua testa e Hunt fece una smorfia quando si voltò a guardare il corpo caldo accanto a lui.

Era uscito dal lounge dove l'aveva trascinato Chris con una donna di nome Jade, che adesso era sdraiata di fianco a lui. Erano andati a casa di lei, dove le aveva procurato un orgasmo e poi si era addormentato. Non avevano nemmeno avuto bisogno di un preservativo. Non era stato dell'umore giusto per il sesso. Ripensandoci, aveva portato a casa Jade la sera prima, o meglio a casa di lei, dato che non portava mai nessuno a casa propria, per andarsene dal lounge senza dover dare spiegazioni a Chris sul perché se ne andava presto. Perché non era normale per Hunt andarsene presto da una notte fuori per andare a casa da solo.

C'era qualcosa che non andava. Ma non sapeva che cosa.

Scosse la testa e lo rimpianse immediatamente.

Premendo sulla fronte finché il dolore si attenuò, cercò i suoi vestiti di fianco al letto. Erano le cinque del mattino ed era ancora buio. Senza dire una parola, scese dal letto e uscì dalla camera.

Jade viveva in un appartamento accanto a Stateline. Niente compagne di stanza, grazie al cielo. Hunt si rivestì nel soggiorno e le lasciò un biglietto sul ripiano della cucina accanto a una scatola di merendine alla fragola.

Jade,

Grazie per la scorsa notte.

Niente firma. E non lasciava mai il suo numero di telefono. Non voleva che le donne che non aveva intenzione di rivedere lo chiamassero.

Forse avrebbe dimenticato il suo nome. Alle donne non sembrava dispiacesse il sesso occasionale con lui. Le soddisfaceva, le trattava con rispetto ma non permetteva mai alle donne di credere che ci sarebbe stato qualcosa di più.

Le poche volte in cui si era imbattuto nelle donne con cui aveva passato la notte, erano sempre state felici di vederlo e desiderose di un secondo round. Che lui evitava con cura. Passare più di una notte con qualcuna la portava ad avere delle aspettative e lui non voleva dare l'impressione sbagliata a una donna.

Jade era stata esattamente il tipo di donna che preferiva Hunt. Una che cercava solo un po' di svago, senza impegno. E tra qualche ora l'avrebbe dimenticata.

Intanto non riusciva a togliersi di mente Abby e la sua auto e ciò lo infastidiva da matti. Non l'aveva nemmeno baciata la sera in cui si erano incontrati al club, men che meno era andato a letto con lei. Quindi perché continuava a tornargli in mente?

* * *

Più tardi quella mattina, Hunt seppe dal capo della manutenzione del Club Tahoe che aveva mandato il catorcio di Abby al garage di Jeffery perché non era riuscito a farla partire.

«L'alternatore» disse il tizio della manutenzione.

«Sono costosi» mormorò Hunt tra sé e sé.

Il capo della manutenzione grugnì.

Per una frazione di secondo, Hunt si chiese se dovesse pagare per far riparare l'auto. Poteva permetterselo, ma perché diavolo ci stava pensando? Era sempre cortese con le donne, pagava al ristorante e qualunque altra cosa quando uscivano con lui, ma così era più che essere cortesi. Non conosceva Abby. Non conosceva letteralmente il suo cognome.

Ovviamente non doveva pagare la riparazione.

Hunt scacciò i pensieri che riguardavano Abby e preparò il pontone per la crociera sul lago di quel pomeriggio. Quando tornò qualche ora dopo, pulì la barca e andò al Club dei Bambini per un turno pomeridiano di gioco con qualunque bambino fosse rimasto finché i suoi genitori uscivano dal lavoro.

Era il suo momento preferito della giornata ma non aveva mai detto ai suoi fratelli quanto gli piacesse lavorare con i bambini. Avrebbero detto che era perché anche lui, in fondo, era una specie di bambinone. E non era del tutto sbagliato. Ma condividere le altre ragioni per cui gli piaceva passare il tempo con i bambini avrebbe rivelato una parte di lui che era troppo personale. E, sinceramente, i suoi fratelli non gli avrebbero comunque mai creduto. Avevano un'immagine mentale di chi era lui e niente l'avrebbe cambiata. Lo sapeva, perché aveva tentato.

Era passato un po' da quando aveva organizzato un tiro alla fune bambini contro il personale del Club. Era ora di fare un nuovo round, con il gelato come premio per i vincitori.

Kaylee, la moglie di Wes, era tornata da un prolungato congedo per maternità per continuare a gestire il programma del Club dei Bambini, adesso che la loro figlia Harlow era grande abbastanza per accompagnarla. Era ferma di lato e parlava con uno degli assistenti quando Hunt le si avvicinò e sollevò Harlow dalla zona dei piccoli, dove una delle assistenti stava giocando con lei.

Sbaciucchiò i rotolini di grasso sul collo (che cosa davano da mangiare a quella bambina?) e Harlow rise picchiandolo sulla testa con le manine paffute.

A sua nipote piaceva picchiare i suoi zii. E glielo permettevano tutti perché era l'unica femmina in due generazioni di Cade. Per quanto riguardava Hunt, lei era una principessa e lui e i suoi fratelli l'avrebbero trattata come tale.

«Huuunt» disse, guardando Harlow negli occhi e cercando di imprimerle il proprio nome nella mente.

Lui e i suoi fratelli avevano scommesso su quale nome avrebbe detto Harlow per primo. Diceva già "mamma" e "papà", ma il resto era ancora in palio. Hunt, Bran, Levi e Adam ripetevano il proprio nome a Harlow tutte le volte che potevano. Il vincitore si sarebbe aggiudicato un giro di birre.

La sua famiglia aveva abbastanza soldi da vivere nel lusso per più di una vita, ma erano Cade. Poteva trattarsi solo di un centesimo, ma lui e i suoi fratelli avrebbero lottato fino alla morte per reclamarlo. Nessuna sfida era troppo piccola.

Hunt ripeté di nuovo il proprio nome, nonostante Harlow gli desse una botta in testa tutte le volte in cui lo diceva, ridendo.

«Stai barando.»

Alzò gli occhi e vide Kaylee accanto a lui con le mani sui fianchi.

Lui si concentrò nuovamente su Harlow. «Non è barare. Devo assicurarmi che faccia pratica.»

Kaylee sorrise a Harlow e la rubò dalle braccia di Hunt.

Accidenti. Era difficilissimo riuscire ad avere Harlow per un po' di tempo quando c'erano intorno i suoi fratelli, o sua madre. Quindi sempre.

Kaylee si appoggiò Harlow sul fianco. «Smettila di molestare la mia bambina» disse, dandogli un'occhiataccia.

Ciascuno dei suoi fratelli si era sistemato con una compagna, gli idioti. E, ovviamente, avevano scelto donne forti che davano del filo da torcere a Hunt, proprio come i suoi fratelli. E significava che Hunt doveva limitare l'addestramento di Harlow a quando Kaylee non era in giro.

«Certo, certo. Come vuoi, Kaylee.» Le rivolse il suo sorriso più affascinante. Solo che non aveva funzionato con Abby. Era stata la bizzarra eccezione che sperava non sarebbe diventata la norma.

Kaylee lo guardò storto. «Quel sorriso con le fossette non funzionerà con me. Tuo fratello mi ha temprato verso il fascino dei Cade.»

Hunt sospirò. «Adesso che cos'ha fatto?»

Kaylee baciò la fronte di sua figlia. «Wes non ha fatto niente. Per ora. Ma ho imparato a restare in guardia con quell'uomo.»

«Wes farebbe qualunque cosa per te.»

Kaylee soffiò via una ciocca di capelli scuri dall'occhio e passò la figlia sull'altro fianco. «Sì accidenti, dopo tutto quello che mi ha fatto passare prima che ci sposassimo.»

Non poteva contraddirla. Wes aveva rovinato la sua relazione con Kaylee quando erano stati insieme al college e l'aveva quasi fatto di nuovo anni dopo, la seconda volta. Fortunatamente per lui, Wes era rinsavito e aveva messo Kaylee davanti a tutto. E Harlow. Hunt non avrebbe mai pensato di vederlo, ma suo fratello adorava la sua bambina ed era un padre eccellente.

Hunt allungò la mano per fare il solletico al pancino di Harlow e mimò il proprio nome, sperando che Kaylee fosse troppo occupata a fare un cenno a una delle assistenti del Club dei Bambini per notarlo.

Fulminea come un serpente, Kaylee gli schiaffeggiò via la mano. «Sei venuto per mettere alla prova la mia pazienza o la tua visita aveva uno scopo?»

Accidenti, era svelta. «Sono venuto a vedere i bambini e controllare se avessi bisogno di aiuto. Ho un paio d'ore libere.»

Kaylee rilassò le spalle. «Così va meglio. Sì, ho bisogno di aiuto. Questo posto ha raddoppiato di dimensioni da quando sono andata in maternità. Stiamo scoppiando. La mia priorità è assumere altri assistenti. Nel frattempo, ti dispiacerebbe aiutare Brin a controllare i bambini? E tenere d'occhio quelli più grandi. Alcuni possono diventare un po' violenti.»

Hunt sbuffò. «Wes ti ha mai parlato della nostra infanzia? Noi siamo la definizione di gioco violento.»

Kaylee strinse le labbra. «Giusto. Okay, pensaci tu. Brin sta mettendo in fila i bambini vicino alla porta mentre io preparo un lavoretto per i piccoli.»

Hunt indicò Harlow con la testa. «Posso prenderla con me se hai bisogno di avere le mani libere.»

«No! E adesso vattene prima di fare il lavaggio del cervello a mia figlia.»

Hunt ridacchiò e seguì i bambini fuori dalla porta, assicurandosi di prendere la corda per il tiro alla fune.

Un'ora dopo col gelato vinto dai bambini dopo aver sonoramente sconfitto Hunt e Brin nel tiro alla fune, Hunt era accucciato sulla sabbia e stava creando un capolavoro di castello di sabbia.

«Noah,» disse Hunt, «al nostro castello serve una bandiera. Dobbiamo far sapere a tutti chi è il proprietario.»

Noah arricciò il naso. «Come faccio a fare una bandiera? Non abbiamo la carta e i pastelli qui fuori.»

«Abbiamo qualcosa di meglio» rispose Hunt. «Prendi i panni per lucidare che ho lasciato sul molo questo pomeriggio. Assicurati di prenderne uno con lo stemma del Club Tahoe. E mentre ci vai, cerca un bastoncino bello diritto.»

Noah sorrise e balzò in piedi con l'energia che avevano solo i bambini di cinque anni.

Hunt sorrise e continuò a lavorare sul castello, aiutando gli altri bambini e lodando il loro lavoro. Ispezionò la spiaggia per assicurarci che ci fossero tutti e intravvide suo fratello Bran che andava verso il Prime, il ristorante pluripremiato di carne e pesce.

Hunt si rimise in piedi e si spolverò la sabbia dai pantaloni. «Come va?» gli chiese e si guardò attorno. Noah ci stava mettendo un po', ma lo vide in fondo al molo, accanto al secchio degli stracci che li controllava a uno a uno, probabilmente cercando quello perfetto per la bandiera. Hunt ridacchiò. Il suo assistente era un perfezionista.

«Hai tempo per parlare o sei troppo distratto dalla nuova bagnina?» gli chiese Bran, dando un'occhiata alla bagnina in questione.

Hunt non era assolutamente concentrato su Gabrielle, ma i suoi fratelli presumevano sempre il peggio quando c'era di mezzo lui. Sempre.

La nuova bagnina stava facendo un ottimo lavoro. Era attentissima e sempre sul pezzo per assicurarsi che i bambini si comportassero in modo sicuro. Appena si era reso conto che se la stava cavando bene, Hunt l'aveva dimenticata. Ma i suoi fratelli pensavano che fosse pazzo per le donne. E non poteva negarlo. Quando non stava lavorando, cercava tutta l'attenzione femminile che poteva procurarsi, ma si preoccupava per il club esattamente come loro e non sarebbe mai uscito con una dipendente. Non che loro lo credessero. «Gabrielle fa parte della squadra di nuoto del college. L'ho assunta per la sua bravura.»

Bran sbuffò. «Sì, certo. Non ha niente a che vedere con il fatto che è un dieci perfetto?»

«Dov'è Ireland?» gli chiese Hunt. «Pensavo fosse l'unica donna che guardi.» Bran era passato dal vivere come un monaco, senza fare sesso per anni a essere un compagno devoto. Parlare di Ireland era un modo certo di distrarlo.

«La mia bella ragazza sta arrivando. Abbiamo dei progetti...»

Hunt smise di ascoltarlo, concentrandosi invece su un lampo di arancio accanto al molo.

Poi corse e si tuffò nel lago, dove sollevò Noah dall'acqua fredda.

«Stai bene, amico?» gli chiese, stringendolo contro la sua spalla, tenendolo vicino.

Noah nascose la faccia contro il collo di Hunt, piangendo in silenzio.

«Va tutto bene. Ci sono io.»

Brin corse verso di loro con un asciugamano, insieme a Gabrielle. «Che cos'è successo?»

Hunt indicò dietro le spalle con il pollice. «Un bambino nuovo con la t-shirt arancio ha spinto Noah giù dal molo.»

«L'ho visto succedere, ma ero troppo lontana per fermarlo» disse Gabrielle.

«James.» Brin aggrottò le sopracciglia e coprì Noah con

l'asciugamano. «Vado a parlargli» disse e si diresse verso il ragazzino.

«Noah sta bene?» chiese Gabrielle. Toccò la schiena di Noah che si spinse più forte contro la spalla di Hunt.

Hunt spostò la testa per riuscire a guardare in faccia Noah, che stava appiccicato a lui come una cozza. «Penso di sì. Lo porto a fare due passi.» Avvolse più stretto l'asciugamano intorno a Noah. «Tieni d'occhio gli altri, per favore.»

«Certo» rispose Gabrielle. Si voltò, soffiò nel fischietto abbastanza forte da rompere i timpani e riunì i bambini.

Bran si sbagliava sulle intenzioni di Hunt. Gabrielle *era* attraente. Giovane e con un fisico atletico. Ma Hunt non l'aveva assunta per il suo aspetto. Quella ragazza era stata grande nella brutale prova di nuoto che aveva imposto a tutti gli aspiranti al posto di bagnino. L'aveva superata a pieni voti. Ed era comprensiva con i bambini. Era *quello* il motivo per cui l'aveva assunta.

Gabrielle fece raccogliere ai bambini tutti i giocattoli da usare nella sabbia e li riportò nella sala del Club dei Bambini.

Bran e Ireland si avvicinarono a Hunt e Noah. «Va tutto bene?» chiese Ireland, con un'espressione preoccupata.

Hunt annuì e con la mano mimò "vi racconterò dopo". Noah era un bambino allegro e vivace. Non era da lui piangere e Hunt voleva assicurarsi che andasse tutto bene senza avere un pubblico intorno, anche se si trattava solo di Bran e Ireland.

Camminò per un po' sulla spiaggia, accarezzando la schiena di Noah. «Come andiamo, ometto?»

«Mi ha spinto» mormorò tremante Noah.

«L'ho visto.»

«Ha detto che gli davo fastidio.»

Hunt sospirò. «Quello che ha fatto non va bene. Mai.

Specialmente vicino all'acqua. Brin gli sta parlando adesso e mi assicurerò che parliamo con tutti i bambini. Noi non diamo spintoni né corriamo dei rischi vicino all'acqua.»

Hunt sentì Noah che si rilassava un po'.

«I ragazzi grandi se la prendono sempre con me.» Noah si tirò indietro e lo guardò con l'espressione più triste che Hunt avesse mai visto.

«A volte i bambini non sono gentili l'uno con l'altro» disse Hunt. «Ma non significa che dovresti fare lo stesso. Continua a trattare gli altri nel modo in cui vuoi essere trattato tu, ma allontanati se sono aggressivi.» Gesù, sembrava Esther, l'assistente di suo padre e l'unica figura materna che lui e i suoi fratelli avessero avuto.

Esther e un paio di vecchi dipendenti del Club Tahoe erano probabilmente l'unico motivo per cui Hunt e i suoi fratelli erano diventati esseri umani semi-decenti.

Dopo aver camminato per un quarto d'ora, durante i quali Hunt aveva distratto Noah parlando di progetti per le barche, Hunt tornò al Club dei Bambini con Noah che camminava accanto a lui sorridendo.

La maggior parte dei bambini era già stata prelevata, ma non c'era ancora nessuno per Noah. Come al solito.

Hunt stiracchiò il collo, innervosito. Brin doveva aver chiamato il contatto di emergenza di Noah per informarli di che cos'era successo. Si sarebbe potuto pensare che in una giornata simile la persona responsabile sarebbe arrivata in orario, per una volta.

Hunt era grato di esserci stato per Noah, ma gli batteva forte il cuore al solo pensiero di quanto le cose avrebbero potuto essere peggiori. Noah avrebbe potuto cadere di testa nell'acqua alta fino alle ginocchia. Con una caduta simile, il bambino avrebbe potuto rompersi il collo.

Ai bambini capitavano incidenti. Grazie al cielo, si

riprendevano presto. Ma Hunt non riusciva a smettere di pensare a tutte le peggiori ipotesi possibili.

Era quello che significava essere un genitore? Un vero genitore, non com'era stato suo padre. Assente, frustrato, indifferente. Ma qualcuno che volesse veramente essere presente per suo figlio? Perché faceva schifo.

Hunt sarebbe morto prematuramente per la preoccupazione se avesse mai avuto un figlio suo. Aveva perso un paio d'anni di vita nel secondo netto che gli ci era voluto per raggiungere Noah, che non era nemmeno suo figlio.

Strinse la mano del bambino, per rassicurarsi che stesse bene. Tutta quella preoccupazione doveva essere *l'effetto Harlow*. Quando la sua nipotina era entrata nella sua vita, lui aveva provato un amore come mai prima. Avrebbe protetto Harlow con la sua vita e sembrava che quell'istinto di protezione si stesse espandendo anche in altre aree.

Hunt si considerava più sensibile nei confronti dei bambini perché aveva perso sua madre quand'era così piccolo. Era quasi come se lei non fosse mai esistita. Ma non era così. Aveva rimandato la chemioterapia in modo che Hunt, che cresceva dentro di lei, potesse sopravvivere. Il sacrificio di sua madre era una cosa che Hunt non era mai riuscito ad accettare. Perché non era solo Hunt che aveva perso una madre a causa della sua decisione di rimandare la chemio, l'avevano persa anche i suoi fratelli. E Hunt non aveva mai smesso di sentirsi in colpa per quella decisione.

«Dov'è la mia mamma?» chiese Noah.

Noah era seduto accanto a Hunt su una delle panche da picnic vicino al Club dei Bambini. «Pensavo che vivessi con i tuoi nonni» disse Hunt.

«Nooo» rispose Noah scuotendo la testa. «Io vivo con la mia mamma, sciocco.»

«Io sono sciocco? Chi è quello che ha fatto cadere nella sabbia la giacca di Brin?»

Noah ridacchiò. «Sei sciooooocco!» cantilenò.

Chiaramente il bambino si sentiva meglio. «Allora, la tua mamma...»

«Eccola!» Noah balzò in piedi e corse verso il fondo della hall che dava sulla piscina.

E fu in quel momento che il cuore di Hunt si fermò. O si mise a correre... O scoppiettò... Qualcosa insomma.

Perché la mamma di Noah era Abby.

Capitolo Cinque

Abby prese in braccio Noah e tempestò la sua faccia di baci, respirando il suo odore sudaticcio di bambino dopo la giornata al Club dei Bambini. Tutte le stronzate che doveva sopportare al lavoro, le minacce dei nonni di Noah... Tutto spariva appena aveva in braccio suo figlio.

Stava diventando così grande. Presto non sarebbe stata più in grado di sollevarlo o baciarlo come voleva. Per ora, rubava tutti i baci che poteva.

Abby teneva in braccio Noah mentre lui chiacchierava della sua giornata e si accorse dei suoi capelli arruffati e... I vestiti bagnati? «Perché sei bagnato?» L'umidità stava filtrando nella sua divisa da infermiera e stava bagnando anche lei.

Il sorriso di Noah sparì e cominciò a tremargli il mento. «Un ragazzo grande mi ha spinto giù dal molo.»

«*Che cosa?*» Abby guardò la sala giochi del Club dei Bambini e vide un volto familiare. Un volto che non si era aspettata di vedere di nuovo dopo la sera in cui si erano incontrati. Eppure continuava a imbattersi in lui.

Hunt era seduto su una panchina e li osservava. Era stato strano vederlo il giorno prima quando la sua auto si era fermata, ma di nuovo?

Andò nella sala giochi del Club dei Bambini e si fermò davanti a Hunt. «Che cosa sta succedendo?»

La stava stalkerando? Non le era sembrato uno stalker quella sera. In effetti, l'aveva lasciata in pace quando gli aveva detto che non era interessata. Aveva conosciuto un mucchio di uomini che avrebbero insistito nonostante tutto, incapaci di resistere a una sfida.

Abby avrebbe scommesso che Hunt l'avesse aiutata con l'auto il giorno prima. Un attimo prima il parcheggiatore del Club Tahoe stava insistendo in modo scortese che rimuovesse quel catorcio e l'attimo dopo la stava aiutando a farlo rimorchiare. Dopo aver parlato con Hunt.

Hunt continuò a osservare lei e Noah e non sembrava contento. Perché?

«Io lavoro qui» disse. «Che cosa ci fai *tu* qui?»

«Sono venuta a prendere mio figlio. Ma sembra che abbia avuto una giornata pesante.» Un eufemismo, ma non voleva farsi vedere nervosa da Noah. E se Hunt lavorava veramente lì, avrebbe ricevuto abbastanza presto una lavata di testa da lei.

Aveva pensato che mandandolo al Club Tahoe, una delle strutture più rispettate nell'area, con un centro diurno per i bambini di cui i genitori raccontavano meraviglie, Noah sarebbe stato al sicuro mentre lei lavorava per assicurargli un tetto e cibo in tavola. A quanto pareva non era così.

Fece un respiro profondo e cambiò marcia. Non era il caso di saltare a conclusioni. «Noah è stato spinto per caso?»

Hunt si mise la mano sulla nuca, senza guardarla negli occhi. «Non esattamente» disse mentre Noah scuoteva la testa.

Abby vide rosso. I bambini a volte facevano giochi violenti. Non voleva dire che agissero per cattiveria. Ma, a quanto pareva, quel ragazzino aveva fatto del male volontariamente a Noah.

Era *suo figlio* e lei pagava una retta salata (che non si poteva permettere) perché frequentasse il Club dei Bambini. Si aspettava qualcosa di meglio che non che il figlio fosse spinto giù dal molo. Suo figlio avrebbe potuto picchiare la testa e annegare.

Diede un'occhiata dura a Hunt e poi si rivolse al figlio: «Che cos'è successo?».

Noah distolse gli occhi. «A volte i ragazzi più grandi se la prendono con i piccoli, e io sono il più piccolo. Eccetto i bebè. Ma loro non giocano con noi.»

Basta. Non le interessava quale fosse la reputazione del Club Tahoe; non era il posto per suo figlio. «Vieni. Prendiamo le tue cose. Ce ne andiamo.»

* * *

Dopo aver annunciato che se ne andavano, Abby guardò Hunt lanciando dardi dagli occhi. O sarebbe stato così, se fosse stato possibile lanciare dardi dagli occhi.

Hunt non poteva biasimarla per essere furiosa perché un bambino aveva spinto Noah nell'acqua. Anche *Hunt* era furioso. Ma perché arrivava in ritardo se le importava tanto del figlio? Per quanto si fossero salutati con calore, chiunque arrivasse in ritardo a prelevare il figlio dopo un evento traumatizzante, secondo Hunt era sospetto.

Brin aveva parlato con tutti i bambini quel pomeriggio e aveva rivolto loro il discorso sul "comportamento gentile", come lo chiamava Kaylee quando entrava in modalità da psicologa infantile. Cioè: tenete a posto le mani e non fate del male agli altri. Ma Hunt era sconvolto perché era successo. Non avrebbe mai voluto vedere Noah farsi male, e nessun altro bambino, se era per quello. Ed era ironico.

Hunt e i suoi fratelli erano cresciuti battibeccando e lottando fisicamente ogni giorno. Era così che era stato educato. Praticamente, erano come animali in pantaloni e polo, senza una madre o un padre attento che insegnasse loro la differenza tra il bene e il male. Alla fine avevano superato la fase del confronto fisico... *quasi del tutto...* ma non era ciò che Hunt voleva per Noah. Noah era un'anima gentile e che i bambini lo prendessero di mira poteva spezzare il piccoletto.

Prima di correre via, il bambino sorrise a Hunt. «È la mia mamma» disse con orgoglio e andò di corsa verso il Club dei Bambini.

Era chiaro che Noah voleva bene a sua madre. E, indipendentemente dal fatto che fosse o meno puntuale, cosa che infastidiva ancora Hunt, sembrava che anche lei amasse il bambino.

Hunt le rivolse lo stesso sorriso che non aveva funzionato quella sera, desideroso com'era di appianare le cose.

Solo che la smorfia di Abby peggiorò.

Che diavolo? Il suo sorriso non aveva funzionato con questa donna. Ed era la seconda volta. Era un record, una cosa che non voleva si ripetesse.

«Come hai potuto permettere che un bullo spingesse Noah in acqua?» disse. «Che tipo di posto gestisci?»

Hunt si guardò intorno. «Uno piuttosto bello, se prendiamo in considerazione le recensioni.» Il suo commento non lo aiutò. Le belle labbra di Abby si strinsero ancora di più. Restavano comunque da baciare. «Ti assicuro che abbiamo parlato con il bambino che ha spinto Noah. Non c'è niente di più importante della sicurezza in acqua qui.»

«Hunt mi ha portato a fare una passeggiata quand'è successo» disse Noah, correndo davanti a Hunt e avvolgendo le braccia intorno alla vita di sua madre, come se avesse ascoltato l'ultima parte della conversazione.

«Non sapevo che avessi un figlio» disse infine Hunt, tirando in ballo la questione più spinosa. «Non l'avevi menzionato l'altra sera.»

«Mi hai visto qui ieri. Sono sicura che non hai dimenticato che la mia auto si è fermata.»

Lo ricordava. Ma non riusciva a credere che proprio lei, tra tutte le donne, potesse essere la madre del suo ragazzino preferito. «Jeffery non ha sistemato l'auto?»

Le spalle di Abby si abbassarono ancora un po' quando sospirò a lungo. «Sì. Grazie per avermi aiutato. Ma questo?» Indicò il lago e Noah agitando le mani. «Non va bene. Mi dispiace, ma non andrà più bene per Noah.»

«*Mamma*» disse Noah fissandola inorridito.

Lei diede un'occhiata a suo figlio, come se fosse combattuta, appoggiandogli una mano sulla spalla. «Mi dispiace, tesoro. So che ti piace venire qui, ma ho bisogno che tu sia al sicuro.» Si rivolse a Hunt: «Ho pagato la retta esorbitante del Club dei Bambini perché pensavo fosse la cosa migliore per Noah. Ma se viene bullizzato...».

«*È* la cosa migliore» sostenne Noah. «Imparo un mucchio di cose. Hunt mi insegna cose sulle barche e io posso aiutarlo quando ci lavora.»

Hunt si schiarì la voce. «Noah mi aiuta a lucidare le fiancate delle barche. Sempre sotto i miei occhi. Ed è di grande aiuto.» Hunt si assicurò di rivolgere a Noah un cenno di approvazione.

«È... carino» disse Abby. «Sono sicura che per lui sia divertente. Ma non posso correre il rischio che gli succeda qualcos'altro.»

«Sono d'accordo» disse Hunt.

«Io... Davvero?» Abby sembrò turbata, come se non si fosse aspettata quelle parole.

«Non voglio che capiti qualcosa a Noah o a nessuno dei bambini ed è il motivo per cui stiamo assumendo altri assistenti per tenere d'occhio ogni singolo bambino.» Okay, era stata un'idea di Kaylee, ma aveva ragione. I piccoli clienti del Club dei Bambini erano aumentati e avevano bisogno di più aiuto. «Posso assicurarti che tuo figlio è nelle mani migliori mentre è qui.»

Per qualche motivo, l'idea che Noah non frequentasse più il Club dei Bambini lasciava l'amaro in bocca a Hunt. Non voleva che se ne andasse. Doveva solo convincere la madre di Noah che suo figlio sarebbe stato al sicuro.

«E credo che tu sia sincero,» rispose Abby, «ma il programma è costoso. Posso trovare lo stesso rapporto di assistenti per bambino da qualche altra parte. In un posto dove mio figlio non corra il rischio di annegare.»

Prima Abby l'aveva rifiutato quando ci aveva provato con lei quella sera al bar. Poi il suo potente sorriso non aveva funzionato quando aveva tentato di rassicurarla, e il suo sorriso era a prova di bomba. Ignorò l'anomalia di poco prima con Kaylee perché lei aveva sposato Wes e chiaramente lui le aveva insegnato a essere scettica. E adesso Abby stava respingendo le rassicurazioni persuasive di Hunt? Che diavolo...?

Hunt era il fratello galante. Okay, era quello che pensava lui. Ma ovviamente aveva un certo modo di fare con le donne che nemmeno i suoi fratelli potevano negare. Solo che quella giornata si stava dimostrando particolarmente dura. O forse era Abby. Era l'unica costante di quegli ultimi giorni.

Non c'era niente che fosse più importante per Hunt che

far sentire sicura una donna. Il mondo si era capovolto? Mercurio era retrogrado? Che cosa stava succedendo quella settimana?

Le donne non lo rifiutavano. Non aveva mai dovuto impegnarsi per conquistarle.

Un momento... *Aveva* avuto intenzione di conquistare Abby? Non quando l'aveva incontrata al club. Ma adesso che sapeva che era la madre di Noah, voleva... qualcosa. Forse voleva semplicemente più tempo per convincerla che Noah era al sicuro al Club dei Bambini. Noah faceva parte della gang. Doveva esserci un modo per raddrizzare le cose.

A Hunt e ai suoi fratelli avevano insegnato le norme per la sicurezza in acqua quando erano giovani. Il loro padre aveva assunto un ex-SEAL per insegnare loro ad andare in barca e quell'uomo aveva ficcato la regole nelle loro teste dure. Poteva tenere al sicuro i bambini. Abby doveva solo dargli una possibilità.

Noah premette la faccia nello stomaco della madre e sembrava stesse piangendo.

«Abby» disse Hunt. In quel momento non stava cercando di conquistarla. Voleva solo raddrizzare le cose. Quindi parlò con il cuore, una cosa che non era abituato a fare. «Capisco la tua preoccupazione, ma i bambini non sono perfetti. Litigano e commettono errori. Il nostro lavoro al club non è solo farli divertire e far fare loro nuove espe-rienze, ma anche aiutarli a socializzare, guidandoli.» Gesù, doveva proprio smettere di stare accanto a Kaylee. Sembrava un insegnante di scuola materna. «Perché non vieni a vedere la sala giochi dei bambini? Possiamo parlarne lì.»

Abby aspettò un momento, poi scosse la testa. «Mi dispiace, non posso correre il rischio. Oggi è l'ultimo giorno di Noah.»

Capitolo Sei

Nessuno capiva che pressioni stesse subendo Abby da parte dei genitori di Trevor. Ci sarebbero volute ore per spiegare che cos'era successo dopo la morte del suo compagno, quindi non tentò nemmeno.

Hunt fece un cenno a una donna che indossava una delle polo del Club dei Bambini. «Brin, puoi portare Noah a prendere un gelato?»

«Mamma?» disse speranzoso Noah.

Abby conosceva suo figlio. Andava pazzo per il gelato. Più tardi sarebbe rimbalzato dai muri, ma aveva avuto una giornata difficile e non poteva negargli quel piccolo piacere. Gli accarezzò la testa. «Certo, tesoro.»

Era chiaramente il modo di Hunt per fare in modo che restassero soli. Non le dispiaceva, perché aveva qualche cosa da togliersi dallo stomaco. Per esempio, perché nessuno aveva impedito a quel bambino di prendersela con suo figlio. Non credeva assolutamente che fosse un incidente isolato, come aveva suggerito Hunt.

Appena Noah fu fuori dalla portata d'orecchi, Abby parlò, prima che Hunt avesse la possibilità di convincerla a lasciare Noah nel programma. «A parte il fatto che avete un problema di bullismo, non posso più permettermi il costo del Club dei Bambini.» Si avvolse le braccia intorno alla vita. «È troppo costoso e adesso Noah è stato messo fisicamente in pericolo. Ha detto che i bambini se la prendono con lui. Com'è possibile che l'abbiate lasciato succedere?»

Hunt strinse le mascelle. «Come ho detto, a volte i bambini diventano turbolenti, ma non condoniamo quel comportamento. Abbiamo parlato con quel bambino dell'incidente appena è successo. In futuro metteremo in opera tutto il possibile per assicurarci che cose del genere non capitino più. Non posso promettere che i bambini saranno sempre gentili l'uno con l'altro, ma posso prometterti che affronteremo il problema ogni volta che succederà.»

Abby scosse la testa. «Non ha importanza. Noah non ci sarà.»

Mascelle ancora più strette. «Per via del costo?» le chiese Hunt.

Ammettere le sue difficoltà finanziarie era umiliante. «Sì, in parte. Inoltre non posso rischiare che tocchino nemmeno un capello sulla testa di Noah quando è sotto la mia responsabilità.»

Hunt strinse gli occhi. «Non sarà facile. Noah è un bambino gentile ma perfino lui ha gettato la sabbia sugli altri. E per quanto riguarda il costo dell'iscrizione mensile, abbiamo appena stabilito un sistema a scalare. Possiamo adeguarlo al tuo introito, qualunque sia.»

«Io... Davvero?» Era la prima volta che sentiva parlare di un piano di pagamenti a scalare al Club Tahoe. Si sentiva dispiaciuto per lei? Voleva trovare una soluzione perché chiaramente lei non era in grado di gestire le cose?

Era proprio ciò di cui aveva bisogno, che la sua incompetenza venisse rivelata a tutti. Se la comunità fosse stata d'accordo con Vivian che Abby non era adatta a fare da madre a suo figlio, lei non avrebbe avuto speranza.

Abby strinse forte gli occhi, con la familiare sensazione bruciante delle lacrime che si formavano dietro le palpebre. Non avrebbe pianto. Non di fronte a Hunt, l'uomo attraente a cui, se lei fosse stata più giovane e spensierata, avrebbe ceduto al club. Proprio come aveva ceduto al dolce, affascinante Trevor.

Aveva avuto suo figlio. Non avrebbe mai rimpianto il breve tempo passato con Trevor o le conseguenze che stava pagando quotidianamente sotto forma dei genitori di lui.

Alzò gli occhi e sbatté le palpebre per liberare gli occhi dalle lacrime. «Apprezzo ciò che stai facendo, ma sono una madre single e al momento sto facendo i doppi turni per riuscire a mantenerci. Non posso andare avanti per molto.» Noah aveva bisogno di lei. In qualche modo, doveva riuscire a lavorare di meno e pagare comunque le spese. «Non ce la posso fare, nemmeno con uno sconto.»

Senza nemmeno fare una pausa, Hunt disse: «Se non te lo puoi permettere, ci penseremo noi».

Abby spalancò gli occhi incredula. «Nessuno regala la frequenza a un centro diurno.»

«Noah fa parte del Club dei Bambini. Se lui e la sua famiglia hanno bisogno di aiuto, noi ci siamo.»

C'erano per suo figlio oppure... No, ovviamente non si trattava di lei. Perché Hunt avrebbe dovuto interessarsi a lei, una madre single con le occhiaie perpetue sotto gli occhi?

Super sexy. Rise dentro di sé per dov'erano finiti i suoi pensieri. Lo stress di crescere un figlio da sola aveva lasciato tracce di stanchezza che nessun pisolino riusciva a sistemare. Avrebbe avuto bisogno di dormire un mese per mettersi alla pari.

Quindi era la sua opera di beneficenza. Perfetto. Ma

c'erano altre cose da prendere in considerazione. «Grazie. Sei molto gentile ma non posso.»

E se la notizia che non poteva permettersi il centro diurno fosse arrivata ai genitori di Noah? Potevano usarlo in qualche modo contro di lei? Vivian l'aveva minacciata tante volte di toglierle Noah e in così tanti modi che tutto sembrava possibile.

Hunt sbuffò. «Ho eliminato il problema del costo e abbiamo discusso del fatto che assumeremo più gente per assicurarci che i bambini siano al sicuro man mano che il nostro programma cresce. Che altro ci potrebbe essere?»

Molto altro.

Abby lasciò cadere le mani lungo i fianchi e una lacrima traditrice le cadde sulla guancia. Perfetto, proprio perfetto. Adesso sembrava disperata finanziariamente *e* debole. Si asciugò in fretta la guancia e si appiccicò un sorriso sul volto.

Hunt le prese gentilmente il gomito. Abby gli permise di accompagnarla in un angolo tranquillo della hall. «Che cosa sta succedendo, Abby?»

Il modo in cui le parlava, come se la conoscesse, era... disarmante. Avrebbe voluto dirgli tutto, ma non poteva. Se non fosse sembrato così deciso a tenere Noah nel programma e se Hunt non fosse piaciuto veramente a Noah non avrebbe nemmeno condiviso ciò che gli aveva già detto.

«Noah è un bravo bambino. Mi piacerebbe aiutarvi» disse Hunt.

Abby gli diede un'occhiata di sottecchi. «Hai fatto più di quanto dovevi. L'auto. Offrirti di azzerare il costo del programma. Ma non posso accettare altri aiuti. Alla lunga potrebbe danneggiare me e Noah.» Davanti alla sua espressione confusa, aggiunse: «È una storia lunga».

Hunt si chinò in avanti sulla sedia davanti a lei, appoggiando i gomiti sulle ginocchia. «Ho tempo.»

Avrebbe dovuto sentirsi in imbarazzo. Hunt aveva visto quella stupida lacrima che le scendeva sulla guancia, per l'amor del cielo, ma Hunt non era il playboy affascinante che era stato al bar quella sera. Con quei begli occhi turchesi che la guardavano con tanta intensità, sembrava sinceramente preoccupato.

Quegli occhi erano una minaccia.

Anche senza quegli occhi, Hunt era estremamente persuasivo. Erano le sue parole, i suoi modi sicuri e il modo in cui il corpo di Abby si tendeva verso di lui quando era vicino, come se riconoscesse qualcosa che gli piaceva. Era un bene che Abby avesse messo i suoi ormoni in lockdown e notasse appena il sesso opposto.

Il padre di Noah era stato alto e non così muscoloso come Hunt, ma anche lui era stato attraente e affascinante. Gentile, proprio come suo figlio.

Hunt non sembrava gentile. Era muscoloso, con una mandibola forte e quei pazzeschi occhi tra l'azzurro e il verde. Ma qualunque scintilla ci fosse tra di loro fu spenta appena Abby visualizzò nella mente tutte le volte in cui aveva dovuto svegliarsi nel bel mezzo della notte perché Noah aveva un incubo o quando le aveva vomitato sui vestiti quand'era malato. Nessun uomo all'apice della sua forma avrebbe voluto avere qualcosa a che fare con Abby. Non quando avrebbe facilmente potuto trovare una donna divertente, attraente e senza problemi.

«La madre del mio compagno vuole togliermi mio figlio» disse. Ecco, questo avrebbe dovuto farlo scappare spaventato. Pensava che avesse solo problemi di soldi? Non conosceva nemmeno la metà dei suoi problemi.

«E il tuo compagno che cosa ne dice?»

«È morto.»

Hunt sbatté le palpebre e poi distolse gli occhi. «Mi dispiace. Dev'essere difficile per te e Noah.»

«Sì. Anche se Noah non ricorda suo padre. È morto quando lui aveva un anno. Un incidente durante una scalata.» In quel momento era stato sconvolgente. Abby non sapeva come sarebbe sopravvissuta senza Trevor. Quattro anni dopo, sapeva come sarebbe sopravvissuta: facendosi strada con le unghie e i denti e pregando di riuscire a non perdere i pezzi.

Trevor le mancava, ma avrebbe mentito se avesse detto di non provare un'ombra di risentimento perché aveva lasciato che le cose si trascinassero e non l'aveva sposata appena gli aveva detto di essere incinta. «Ci sposeremo quando sarà nato il bambino» aveva detto Trevor quando era incinta di quattro mesi. «In questo modo non dovrai preoccuparti di organizzare un matrimonio mentre sei incinta.»

I mesi erano passati e Trevor non ne aveva più parlato. Quando Abby aveva chiesto di fissare una data per il matrimonio sei mesi dopo la nascita di Noah, Trevor le aveva detto che avrebbe dovuto discutere delle questioni finanziarie con i suoi genitori. Volevano che firmasse un accordo prematrimoniale e lei era d'accordo. Ma Trevor non aveva mai organizzato niente. Era morto poco dopo quella conversazione, lasciando in miseria lei e suo figlio.

La morte di Trevor era stata un incidente. Ma era sempre stato malato di adrenalina e arrampicarsi senza imbracatura o funi di sicurezza era stata l'ultima sfida. Ora non c'era più e suo figlio ne stava pagando il prezzo. L'ultima cosa che i genitori di Trevor volevano fare era aiutare Abby. Volevano che lei fallisse miseramente, in modo da ottenere la custodia dell'unico figlio che Trevor avrebbe mai avuto.

Hunt si strofinò gli occhi. «Mi dispiace» ripeté.

«Va tutto bene.» Abby era così abituata a dirselo mentalmente che le parole uscirono automaticamente.

Hunt alzò gli occhi. «Non augurerei a nessuno bambino... di perdere un genitore così giovane.»

Abby annuì, evitando di mostrare le sue emozioni. Era stata stressata quella settimana e ciò spiegava come mai quella lacrima fosse scesa senza il suo permesso.

Noah si precipitò nella hall, seguito da Brin, con un gran sorriso sulla faccia. «Mamma!» Corse da lei e le si gettò in grembo, con le gambe per aria per l'atterraggio di fortuna.

Abby lo trattenne, abbassandosi per evitare le gambe pericolosamente vicine alla sua testa. «Com'era il gelato?»

«Il migliore di sempre.» Le rispose. Voltò la testa verso Hunt. «Hai convinto la mia mamma a farmi restare?»

«Noah» disse Abby, ammonendolo.

«Ci sto provando» disse Hunt e gli fece l'occhiolino.

Ci stava provando? Lei aveva chiarito che non avrebbe mai funzionato. Hunt era testardo. La cosa l'avrebbe infastidita se non fosse stato così bravo con suo figlio.

Guardò l'ora. Era tardi e doveva ancora preparare la cena. «Sarà meglio che andiamo.» Si alzò e prese lo zaino di Noah.

Brin abbracciò Noah salutandolo e anche lui la strinse.

Qui gli vogliono bene. Se le cose non fossero state così difficili, avrebbe dato un'altra chance al Club Tahoe.

Hunt si alzò. «Potresti prendere in considerazione la mia offerta? Ci piacerebbe che Noah restasse con noi. Dammi un giorno o due, ti manderò i documenti per eliminare il fattore finanziario. Potrai prendere una decisione partendo da lì.»

Abby gli rivolse un mezzo sorriso, ma non c'era niente da decidere. Uscì con Noah di fianco.

Capitolo Sette

Abby stava piangendo?

Quando aveva fatto pressioni per conoscere il motivo per cui voleva ritirare Noah dal Club dei Bambini, Hunt non avrebbe mai immaginato che sarebbe crollata.

Non riusciva a sopportare che le donne piangessero. Andava contro la sua filosofia di farle felici e avrebbe voluto trasformarsi in un gigante verde e spaccare i muri per proteggerle.

Poche donne avevano sparso lacrime alla presenza di Hunt, a meno che fossero lacrime di gioia. Ma Abby era depressa. Lo vedeva dalle spalle rigide e dalla paura nei suoi occhi dorati, con tracce di occhiaie. Qualcosa o *qualcuno* l'aveva spaventata e accidenti se la cosa non lo faceva incazzare. Era probabilmente quello il motivo per cui le aveva offerto il piano di pagamenti a scalare che in effetti il club non aveva. E poi di far partecipare Noah gratuitamente.

Levi gli avrebbe staccato le palle.

Non importava. Poteva occuparsi di Levi.

Noah era speciale per il programma. Lo frequentava da

abbastanza tempo da avere vissuto l'enorme crescita del Club dei Bambini durante l'ultimo anno. Per quanto riguardava Hunt, il club *doveva* aiutare lui e sua madre.

Ma c'era di più. Aveva bisogno di sapere che Noah era al sicuro. E anche sua madre. Ed era una cosa sconcertante.

Sì, gli piacevano le donne. Sì, voleva proteggerle e farle felici. Ma non si era mai esposto in quel modo. Non dopo Lisa.

Era passato quasi un decennio da quando si era innamorato della ragazza di Levi, quando era all'ultimo anno delle superiori. Dopo quel casino mostruoso, Hunt non aveva più avuto un buon motivo per voler proteggere qualcuno.

Era quel bambino. Hunt voleva che Noah fosse al sicuro e perché lo fosse sua madre aveva bisogno di aiuto, ecco tutto.

Era una pessima idea, ma non riusciva a fermarsi. Avrebbe fatto tutto ciò che poteva per Noah e Abby, senza pensare alle conseguenze.

Hunt stiracchiò il collo e sospirò guardando Noah e sua madre uscire dal club.

I suoi fratelli non lo credevano capace di curarsi di qualcuno oltre a se stesso. Non lo pensava nessun altro, se era per quello, ma lui *poteva*.

Hunt era stato furioso quando Abby gli aveva detto della presa ferrea che i nonni di Noah avevano su suo figlio. Oh, in quel momento non l'aveva dimostrato, ma era *incazzato*.

Come osava chiunque cercare di togliere un figlio a sua madre? Una buona madre, oltretutto. Certo, non veniva sempre in orario a prelevare Noah, ma era chiaro che lo amava. Hunt aveva visto il modo in cui Abby guardava suo figlio, l'amore che brillava tra il bambino e sua madre. Quella vista era così tenera che lo aveva quasi fatto piangere. *Quasi.* Non esageriamo. Hunt era stato cresciuto dai suoi turbolenti fratelli; avrebbe preferito rompersi un mignolo piuttosto che mostrare quel tipo di emozione.

E giusto per parlare dei suoi turbolenti fratelli, Hunt andò a cercarli. Avevano un appuntamento fisso ogni settimana, di solito al Fireside Lounge, al club, ma quella sera avevano scelto di mangiare messicano. Col passare degli anni, si erano aggiunte le compagne, cosa che all'inizio aveva infastidito Hunt. Adesso si rendeva conto che le donne davano consigli migliori ed era bello averle intorno.

«Che cosa vuoi fare?» disse Levi un'ora dopo, con la voce profonda che risuonava come un tuono.

Hunt prese una tortilla e la intinse della salsa extra piccante del ristorante messicano del club. «Centro diurno gratuito per Noah. Un'eccezione speciale.»

Levi guardò Emily, la sua ragazza, nonché direttrice del club, come per dire: "Stai sentendo questa roba?".

«Hunt,» disse gentilmente Emily, «che cos'è successo?»

Hunt masticò la tortilla e bevve un sorso di uno degli enormi margaritas del ristorante, con tanto di mini-bottiglie di Corona a testa in giù sul bordo. «Sua madre non può più permetterselo e penso che dovremmo avere un piano di pagamenti a scalare.» Diede un'occhiataccia a suo fratello. «Non tutti i bambini crescono come noi. Saremmo dei cazzoni a permettere di frequentare il centro diurno solo ai bambini che possono permettersi i nostri prezzi, che sono più alti della media.»

Levi si grattò il mento con un accenno di barba. «Giusto, ma non possiamo permetterci di far partecipare gratis tutti i bambini. Prezzi a scalare, okay. Ma gratis? Non sarebbe giusto nei confronti dei genitori che pagano.»

Hunt si appoggiò allo schienale, riflettendo. Poi alzò le spalle. «Pagherò io la retta.»

Levi guardò i suoi fratelli, che erano rimasti tutti in silenzio da quando Hunt aveva cominciato a parlare di Noah e sua madre.

«Che c'è?» chiese Hunt.

Adam si schiarì la voce. «È un po' strano, ecco tutto. Che tu ti interessi tanto a un bambino... O a chiunque altro.»

Tipico. La gente lo sottovalutava sempre. Specialmente i suoi fratelli.

«Non è per niente strano» disse pazientemente Hunt. «Mi piace stare con i bambini al club. Semplicemente, Noah ha bisogno del mio aiuto e non voglio vederlo soffrire. Sua madre ha dei problemi con i suoi suoceri. Beh, tecnicamente non sono i suoi suoceri. Non aveva mai sposato il padre di Noah, che è morto anni fa. Il problema è che è una madre single che fa del suo meglio e voglio essere sicuro che sia aiutata, *che Noah sia aiutato*» chiarì.

Bran gli puntò addosso un dito. «È quella la parte che mi sconvolge. Non hai mai voluto una ragazza fissa. Beh, non dopo... Comunque non fai sul serio con una donna da anni e adesso vuoi prenderti cura di questa madre e di suo figlio?»

«Non voglio prendermi cura di lei. Voglio aiutare Noah.» Okay, voleva anche aiutare Abby, ma dirlo avrebbe messo delle idee stupide nelle teste dei suoi fratelli.

«Interessante» disse Wes.

«Che cosa significa "interessante"?» Hunt gli rivolse un'occhiataccia e tornò ad appoggiare la schiena.

«Oh, niente. Solo *interessante*.»

Hunt si passò le mani sul volto. Perché i suoi fratelli erano così difficili? Non era un gran problema. «Voi stronzi mi state col fiato sul collo da anni per via delle mie storie superficiali e adesso, quando voglio aiutare una piccola famiglia che ne ha bisogno, siete voi i cazzoni superficiali. Che cosa succede?»

«Ignorali» disse Kaylee. In braccio aveva Harlow che giocherellava con i suoi capelli. «Mi piace, Hunt.» Guardò gli altri. «Noah è veramente un bambino dolce. Tutti al Club dei Bambini hanno avuto l'impressione che le cose non siano facili per lui a casa. Ora sappiamo il perché. Io voto per aiutarlo.» Sorrise a Hunt.

Finalmente. Qualcuno con un po' di buon senso.

«Inoltre,» disse Kaylee, «la mamma di Noah è carina. Riesco a capire perché piaccia a Hunt.»

Hunt digrignò i denti. «Non riguarda la mamma.»

«Ciononostante,» disse Levi, «non possiamo regalare il programma. Creerebbe un precedente. Non sono sicuro che non passeremmo dei guai se si venisse a sapere che facciamo favoritismi.»

Hunt fece un cenno alla cameriera e ordinò un burrito super con la carne asada. Parlare di Abby con i suoi fratelli lo aveva esaurito e adesso stava esagerando con il cibo per lo stress. Meno male che non ingrassava. «Te l'ho già detto, pagherò io. Considerala una donazione privata.»

«La mamma di Noah è d'accordo?» chiese Kaylee.

Perfetto, adesso anche chi lo sosteneva metteva in dubbio la sua idea. «Non esattamente. Non gliel'ho chiesto. Siamo obbligati a farglielo sapere?»

Kaylee guardò Levi, che guardò Emily.

«Immagino di no» disse cauta Emily. «Non credo sia illegale. Ma mi sembra un po' ambiguo non dirle quello che stai facendo. Mentiresti per omissione.»

Hunt storse la bocca, riflettendo. «A me sta bene.»

Noah doveva stare nel Club dei Bambini e sua madre aveva bisogno di aiuto. Che uomo sarebbe stato Hunt se non si fosse fatto avanti?

E se i suoi fratelli avessero avuto ragione e lui non avesse mai fatto niente di simile in tutta la sia vita? Beh, Noah era speciale. Non aveva niente a che vedere con la madre di Noah.

Anche se era carina.

E molto protettiva nei confronti del figlio.

E piuttosto sexy quando era furiosa e cercava di proteggere il figlio.

Ma qui si trattava solo Noah.

Capitolo Otto

Abby finalmente consegnò la domanda con i dati finanziari al Club dei Bambini, solo per vedere se Hunt aveva detto la verità riguardo al centro diurno gratuito. Perché, dai, doveva essersi sbagliato. E se si era sbagliato, allora non aveva bisogno di prendere una decisione e non avrebbe dovuto spiegare perché Noah non poteva più frequentare il centro diurno. Non poteva permetterselo e nessuno poteva contestarlo.

Solo che, a quanto pareva, il Club dei Bambini offriva l'iscrizione gratuita a Noah.

Abby ricevette una risposta immediata che la informava che la retta mensile di Noah era coperta, con effetto immediato.

«Coperta?» Non era un programma statale. Era il programma per i bambini del Club Tahoe, il centro diurno più elegante nel resort più elegante in città. Non aveva senso.

Ragione per cui, retta gratuita o meno, Abby non riportò Noah al club. Era preoccupata per la faccenda del bullismo e non era pronta a buttarsi un'altra volta. Provò invece un centro vicino al suo posto di lavoro. E non andò per niente bene.

«Odio questo posto» disse Noah mentre uscivano dal Mountaineers Daycare.

«È successo qualcosa?» Abby ispezionò la faccia e le braccia del figlio.

«È cooooosì noioso! Quando posso tornare al Club dei Bambini?»

Ad Abby caddero le braccia. Per qualche motivo, non era pronta a dare un'altra chance al Club dei Bambini. Lì c'era Hunt e la metteva a disagio. Okay, non era vero. La metteva *fortemente* a disagio. Sì, a disagio con la sua bella faccia, i muscoli e la sua disponibilità a risolvere i problemi. L'ultima volta in cui aveva permesso a un uomo di risolvere un problema finanziario per permetterle di frequentare la scuola a tempo pieno, lui era morto e lei era rimasta da sola con il loro bambino.

Era una donna adulta. La sua famiglia non era vicina, e comunque non aveva soldi da regalare. Era la sua vita e toccava a lei risolvere i suoi problemi. E questo significava prendere le decisioni migliori per suo figlio. «Che ne dici se restiamo al Mountaineers per un po'? Lì sei al sicuro. Non ci sono ragazzi più grandi che se la prendono con te.»

«No, mamma!» Gli occhi castani tristi la imploravano. «Voglio tornare al Club dei Bambini e aiutare Hunt con le barche.»

Merda. Quella era una parte dell'essere genitore che faceva schifo. Volevi tenere al sicuro tuo figlio e lui voleva fare qualcosa che l'avrebbe messo in pericolo.

Ma era veramente poco sicuro al Club dei Bambini? Forse avevano assunto altro personale, come aveva promesso Hunt. «Farò una telefonata e vedrò se hanno ancora posto.»

In altre parole, vedere se avevano assunto altro personale prima di prendere una decisione.

«Sì!» urlò Noah.

Negare qualcosa a suo figlio era sempre un coltello che le squarciava il cuore, anche perché lui si lamentava solo raramente. In effetti, tornare al Club dei Bambini era la prima cosa che avesse chiesto Noah.

E lei si preoccupava che avesse qualcosa a che vedere con Hunt e il legame che aveva instaurato con lui.

* * *

Noah si divincolò liberandosi dalle braccia di Abby dopo averle baciato la guancia. «Sto bene» disse e corse direttamente da Hunt, che era a non più di tre metri di distanza e spuntava delle voci su una lista.

Abby aveva contattato il Club dei Bambini quando Noah aveva espresso la sua infelicità riguardo all'altro centro diurno. Sì, avevano assunto altro personale. Tre persone in effetti. E sì, avevano ancora spazio per Noah.

«Saremmo lieti di riaverlo con noi» aveva detto la vivace assistente. Brin, se non si sbagliava. Quindi Abby aveva ceduto. Il Club dei Bambini era il centro diurno per bambini più rispettato che avesse trovato in città.

Hunt alzò gli occhi, fissandola per un attimo.

Nel suo stomaco, uno stormo di farfalle prese il volo.

Abby chiuse gli occhi. Davvero, proprio in quel momento? Hunt l'aveva aiutata con Noah e il programma e, accidenti, con l'auto. Se voleva permettergli di essere un amico per lei e suo figlio, doveva mantenere platonici i loro rapporti. Una cosa era avere un amico che ti dava una mano e completamente un'altra cosa avere un uomo che ti manteneva. Non avrebbe rifatto un'altra volta quell'errore. Non senza un certificato di matrimonio.

Noah lasciò cadere il suo zaino e il suo pranzo in un cestino appositamente preparato all'esterno per quello scopo e Hunt gli disse qualcosa, toccandogli la spalla.

Noah sorrise radioso e corse a unirsi agli altri bambini. Hunt riportò lo sguardo sulla sua lista, ma Abby capì che la sua attenzione era rivolta a lei.

Era ora di fargli sapere come stavano le cose. Si avvicinò e disse: «Non è una cosa permanente». Hunt non alzò gli occhi. «Noah vuole venire qua, ma non sono convinta che sia il posto migliore per lui. E probabilmente io sarò in ritardo tutti i giorni. Non esco dal lavoro fino alle cinque. E c'è traffico. Specialmente in estate.»

Hunt finalmente alzò gli occhi dalla sua lista e la guardò negli occhi.

Abby sentì il petto che si stringeva e il cuore che batteva forte.

Strinse i pugni. Hunt non aveva avuto questo effetto su di lei al club.

Okay, era una bugia. Ma allora lei era in modalità di lockdown. Aveva ignorato le farfalle e adesso quelle accidenti di cose erano diventate frenetiche.

Non aveva tempo per gli uomini, anche se era attratta da Hunt. Assolutamente niente tempo. Meno di niente. Non che lui fosse interessato. Le farfalle e il cuore che batteva forte probabilmente erano a senso unico.

Hunt non aveva mai visto niente in lei, eccetto i suoi zoccoli di gomma. Doveva ritenerla sciatta. E, sì, lo era.

Una volta Abby era stata una donna attraente. Quando si lavava i capelli tutti i giorni, si truccava e indossava abiti carini. Ora era fortunata se la divisa da infermiera non aveva grinze. Il più delle volte era troppo stanca per piegare i vestiti e si addormentava subito dopo Noah. Essere una madre single metteva un serio freno all'aspetto di madre sexy. Non che le servisse essere sexy. Non aveva avuto bisogno di essere sexy da quando Trevor era morto.

«Non preoccuparti se sarai in ritardo» disse Hunt con la sua voce profonda, seducente, che non la aiutava per niente. Perché due meravigliosi occhi turchesi e un corpo muscoloso non erano abbastanza.

Era una mamma single e sciatta, per l'amor del cielo. L'universo avrebbe dovuto mostrarle un po' di pietà.

«Beh, io mi preoccupo» disse Abby alzando la testa e cercando di non guardarlo negli occhi. Le farfalle tendevano a reagire esageratamente se lo guardava negli occhi.

Hunt prese il suo telefono. «Qual è il tuo numero?»

Esplosione caleidoscopica di farfalle. «Scusa?»

Riportare Noah al Club dei Bambini era stata la peggior decisione di sempre.

«Il tuo numero» disse Hunt. «Ti manderò i miei contatti. Chiamami se sei in ritardo e io lo dirò a Noah in modo che non si preoccupi. Occuperemo il tempo pulendo le barche finché arriverai.»

Hunt la stava uccidendo. Era persistente. Non era sicura di potersi fidare di lui ma quello era il suo cervello che parlava. Il resto di lei era tutto a suo favore.

L'espressione di Hunt era gentile. Lei era iperprotettiva nei confronti di suo figlio, ma poteva darle torto? «Bene» rispose Abby. «Anche se credo che tu lo abbia già nei documenti.»

Hunt passò le dita sul display mentre ripeteva il numero di telefono di Abby, poi le rispose. «Sono sicuro di sì. Ma in questo modo ho il permesso di chiamarti. Per coordinarci.»

Coordinarci? Perché il modo in cui l'aveva detto le

faceva palpitare il cuore? D'altro canto, la stava aiutando con suo figlio, quindi doveva proprio darsi una calmata.

Si voltò e si allontanò, ancora tremante e incerta se stesse o meno facendo la cosa giusta. Prima di lasciare l'area delle piscine, guardò indietro un'ultima volta per controllare Noah e lo trovò sulle spalle di Hunt.

Hunt portò Noah dai bambini in circolo sulla sabbia e Noah rise, alzando il pugno come se fosse il re del mondo.

Abby sentì la gola secca. Era quello che era mancato a suo figlio. Ciò che lei non era stata in grado di dargli. Una figura paterna. E sembrava che Noah se la fosse trovata da solo.

Oddio, perché doveva proprio essere *quell'*uomo?

Capitolo Nove

Con somma sorpresa di Abby, la vita procedette senza intoppi una volta che Noah fu tornato al Club dei Bambini. Mandava un messaggio a Hunt quando era in ritardo e Noah stava sempre giocando e divertendosi quando arrivava. Se non era con Noah quando andava a prenderlo, Hunt non era mai molto lontano.

Durante il viaggio a casa dal centro diurno Noah non la smetteva mai di chiacchierare di Hunt e di tutte le cose che faceva al Club Tahoe. Non c'erano più stati problemi di bullismo, non che incolpasse più il Club dei Bambini per l'incidente al molo. Il problema era endemico; dove c'erano i bambini ci sarebbero stati incidenti e comportamenti violenti. Tutto ciò che poteva fare era assicurarsi che Noah avesse la migliore supervisione adulta che potesse trovare e, in quel momento, era il Club dei Bambini. Inoltre, lì Noah era felice.

Abby prese la borsa dall'armadietto dove lavorava, uscendo presto per una volta tanto e Maria la fermò.

«Allora, che ne dici?» disse continuando la loro conversazione dalla pausa pranzo. «Sono passate settimane da quando siamo andate al club.»

«Non so» rispose Abby. «Non mi interessa incontrare uomini. Non con tutto quello che sta succedendo con i nonni di Noah. Non ha molto senso mescolarmi al sesso opposto.»

Maria si tirò i suoi lunghi capelli scuri sopra una spalla. «Sono passati quattro anni dalla morte di Trevor. Penso solo che dovresti tentare di riprovare. Anche se solo per socializzare. Se poi succede qualcosa...» Alzò le spalle. «... È un bonus, giusto? Mostra a Noah com'è un rapporto sano.»

Abby prese le chiave, ridacchiando. Maria ci stava andando pesante. La sua amica voleva uscire e far festa, ma la metà di ciò che diceva era vero. Erano gli anni migliori di Abby. Eppure avrebbe rinunciato a tutto pur di mantenere Noah al sicuro. «Non so, Maria.»

Ad Abby mancava Trevor. Ma il dolore acuto della sua perdita si era attutita da quando i suoi genitori avevano cominciato la loro campagna per renderle le cose difficili. Non incolpava Trevor per il comportamento dei suoi genitori, ma perché non aveva fatto testamento prima che nascesse Noah.

«Non voglio rischiare che i genitori di Trevor trovino qualcos'altro da buttarmi in faccia per farmi sembrare un genitore inadatto. Sono sicura che se avessi un appuntamento farebbero sembrare che avessi una girandola di uomini per casa.»

Maria le afferrò il polso. «Abby, non hai parlato con l'avvocato che ti ho raccomandato, vero?»

«Certo che l'ho fatto. Sai quanto fa pagare per un'ora di consultazione? Basterebbe per mangiare un mese intero. Non posso permettermelo.»

«Ci deve essere un altro modo. La città o lo stato dovrebbero fornire sostegno per situazioni come questa.»

Abby tolse le mani dalla presa delicata di Maria e si massaggiò la fronte. «Forse, non lo so. Se i genitori di Trevor decidessero di farmi causa per ottenere la custodia, potrei riuscire a ottenere un aiuto. Per ora lo stanno solo minacciando. E non è che abbia tempo per informarmi. Fondamentalmente dovrei fare un lavoro part-time solo per pagare i professionisti, per non parlare di fare ricerche.»

«Ragione di più per uscire. Non andremo in un club. Andremo in un posto rispettabile dove poter parlare di come toglierci Vivian di dosso. Sono sicura che se mettiamo insieme le teste e le nostre capacità di fare ricerche al telefono troveremo qualcosa.»

Abby rise. «È così che vuoi passare il sabato sera?»

«Certo! Sono qui per te, ragazza. Hai detto che Crudelia ha Noah domani sera?»

"Crudelia" era il nomignolo di Maria per Vivian. «Sì, probabilmente gli daranno da mangiare cibo spazzatura giorno e notte e quando arriverà a casa non riuscirà a calmarsi.»

«Comportamento tipico da nonni. Non puoi biasimare Crudelia.»

«Lo so, lo so» disse Abby e sospirò. «Ma è difficile non guardare a tutto ciò che fanno come un attacco contro di me.»

«Ed è il motivo per cui ne parleremo in un posto dove non dovremo sussurrare.»

«Vero. Non voglio che Noah sappia quello che stanno facendo i suoi nonni, anche se è un bambino sveglio. Sono sicura che percepisca la tensione. Può non piacermi ciò che stanno facendo ma voglio che abbia un buon rapporto con loro. Anche se il loro obiettivo principale di questi giorni è togliermi di mezzo.»

«E su questa nota edificante, abbiamo un appuntamento? Domani sera?»

Abby annuì ma era fin troppo sicura che i genitori di Trevor non avrebbero mai rinunciato, qualunque fossero le idee che avrebbero avuto lei e Maria. I genitori di Trevor erano molto ricchi e avevano molta influenza a Lake Tahoe e oltre. Temeva di essere una gazzella che si metteva contro un leone.

Non sapeva che cosa avrebbe fatto se mai avesse perso Noah. Ma era pronta a fare qualunque cosa per non farlo succedere.

* * *

Fu solo quando Maria entrò nel parcheggio del Club Tahoe che Abby sentì risuonare campanelli di allarme. Era stata così contenta di non avere responsabilità per qualche ora che non aveva prestato attenzione a dove stavano andando. «Perché siamo qui?»

Maria parcheggiò. «Pensavo di andare al Fireside Lounge. Ruotano il menu del bar e questa settimana ci sono i sandwich di tacchino e mela.» Agitò le sopracciglia. «Per i drink, lo speciale sono gli Island Mules.»

Abby chiuse gli occhi e lasciò uscire lentamente il fiato. «Possiamo andare da qualche altra parte?»

«Perché?»

Hunt, ecco perché.

Maria la fissò, perplessa.

«Vengo qui ogni giorno a portare e riprendere Noah» disse Abby.

«Per il programma dei bambini. Ma non sei mai venuta qua per rilassarti. Sarà divertente.» Maria aprì la portiera e scese. Quando Abby non scese immediatamente, Maria rimise dentro la testa. «Non costringermi a trascinarti fuori, perché lo farò. Devi scendere. Anche se non vuoi socializzare, hai un estremo bisogno di stare nella terra dei giovani e single.»

Abby slacciò la cintura di sicurezza. Non aveva una scusa razionale e non voleva dire la verità a Maria. Dirle di Hunt, ciò che aveva fatto per Noah, l'attrazione snervante che provava per lui, avrebbero solo dato alla sua cara amica munizioni in più per farle domandi imbarazzanti.

Il Club Tahoe non era un ritrovo solo per single. C'erano molte famiglie e coppie che soggiornavano nel resort. Non poteva essere così disastroso. Inoltre che probabilità c'erano che Hunt sarebbe stato lì? Se era una persona normale, dopo il lavoro sarebbe stato il più lontano possibile dal Club Tahoe.

A quanto pareva, Hunt non era una persona normale.

Appena entrarono nel Fireside Lounge, Abby lo vide con un grande gruppo di uomini e donne a un tavolo in un angolo in fondo a sinistra. E aveva una donna appollaiata in grembo.

Abby si sentì stringere la gola. Era single; era ovvio che fosse con un'altra donna. Molte donne, probabilmente.

Come percependo la sua presenza, Hunt alzò gli occhi e la guardò storto.

«Sei sicura che non possa convincerti ad andare da qualche altra parte?» disse Abby a Maria, ma era troppo tardi. Maria stava già andando a un tavolo a due posti. Proprio accanto a Hunt e ai suoi amici.

Abby abbassò la testa mentre attraversavano la sala.

Grande. Proprio perfetto. Perché era lì? Avrebbe dovuto essere al Blue Casinò a bere e a rimorchiare le donne.

Come diavolo avrebbe fatto a rilassarsi con Hunt che la fissava in quel modo? E perché la stava fissando in quel modo? Era lui quello con una donna attraente in grembo. Il seno della donna era così vicino alla sua faccia che avrebbe potuto girare la testa e ficcarci la testa in mezzo.

Dio, era orribile.

Abby si raddrizzò e si stampò un sorriso sul volto, ignorando il tavolo di Hunt mentre si avvicinavano al tavolino accanto a loro. Finché Maria prese il posto che obbligò Abby a guardare proprio Hunt e i suoi amici.

Era lì per uscire di casa e formulare un piano riguardo ai nonni di Noah. A chi interessava se c'era Hunt lì? Poteva ignorare lui e le farfalle che le causava.

Ordinarono i famosi sandwich e gli Island Mules e Abby cercò di guardare ovunque tranne che la scena davanti a lei. Gli uomini con Hunt dovevano essere amici intimi. Stavano ridendo e divertendosi. Tranne, così sembrava, Hunt che non aveva smesso di avere quell'espressione furiosa, anche se almeno non era più rivolta a lei.

Ora che ci faceva caso, perché ovviamente stava ancora guardando, anche se aveva detto a se stessa che non l'avrebbe fatto, si rese conto che una delle donne al tavolo era la direttrice del Club dei Bambini. Abby aveva conosciuto Kaylee e la sua bambina quando era tornata dal congedo di maternità.

«Allora, stavo pensando al tuo problema» disse Maria, interrompendo i pensieri di Abby su Hunt. «E se prendessi una coinquilina per aiutarti a dividere le spese?»

«Ho tentato un paio di anni fa quando avevo preso in considerazione di finire l'ultimo livello di scienze infermieristiche. Hai mai intervistato la gente in questa città cercando una coinquilina? È stata una follia. La metà era fatta di qualcosa, l'altra era troppo giovane.»

«Abby, non hai nemmeno trent'anni.»

«Me ne rendo conto ma tanto varrebbe averne trentacinque. Non mi piacciono le feste, non mi drogo e ho un figlio cui pensare. Non posso assolutamente far entrare qualcuno anche remotamente sospetto in casa mia.»

Maria agitò le sopracciglia. «In effetti rende tutto più difficile. Potrei sempre trasferirmi io...»

«No» disse Abby. «Ti piace il tuo appartamento. E hai vinto la lotteria con la tua coinquilina.»

«Ma che cosa farai? Crudelia sta aumentando le pressioni. Ogni settimana vieni al lavoro con qualcosa di nuovo che ha fatto.»

Abby si prese la testa tra le mani. «Non lo so.» Il pulsare alle sue tempie aumentò alla menzione di Vivian, alias Crudelia. Alzò la testa per chiedere alla cameriera un bicchiere d'acqua e vide Hunt passarle accanto con la donna che era stata seduta sulle sue gambe.

Hunt era un assistente al Club dei Bambini e lo conosceva appena. Era buono con suo figlio, vero, ma a parte quello? Non avrebbe dovuto importarle. Veramente, non avrebbe dovuto importarle.

Maria la vide che fissava Hunt. «Sai chi è, vero?»

Abby sorseggiò l'acqua che la cameriera le aveva messo sul tavolo. «Uno degli uomini che abbiamo incontrato al Blue Casinò.»

«No, voglio dire chi è veramente. È un Cade, uno degli uomini più ricchi in città. Forse nello stato.»

Abby scosse forte la testa. «Di che cosa stai parlando?»

«Hunt Cade. Il tizio con cui stavi flirtando al Blue Casinò. Lui e i suoi fratelli sono i proprietari di questo posto.»

«Hunt è uno dei proprietari del Club Tahoe?» La voce di Abby aveva assunto un tono acuto.

«Pensavo lo sapessi quando l'abbiamo conosciuto.»

Abby guardò Maria, esasperata. «Come avrei fatto a saperlo? Mi hai trascinato là perché non esco mai.»

Maria fece una smorfia. «Mi dispiace, hai ragione. Vivevi in isolamento. Comunque...» disse, e ammiccò. «È un tipo sexy e dicono sia un gran donnaiolo.» Fissò il sedere di Hunt mentre usciva con la donna. «Non mi dispiacerebbe una storia con quello. In effetti, pensavo che ci provassi tu. Se avessi saputo che non eri interessata, avrei cambiato le carte in tavola. Mi sono tirata indietro solo perché sembrava che ci fosse attrazione tra di voi.»

«No, nessuna attrazione.» Bugia. Ma per niente al mondo Abby avrebbe ammesso l'invasione di farfalle nello stomaco quando Hunt era nelle vicinanze.

Ovviamente Hunt era un donnaiolo. Non si era mai comportato in quel modo con lei, beh, non dopo quella prima sera. Da allora era solo stato gentile e attento con lei e Noah. «Possiede veramente questo posto?»

Maria annuì.

Spiegava perché ci rimanesse dopo il lavoro. Non era solo un assistente del centro diurno o uno dei responsabili, qualunque cosa lei avesse pensato che fosse. Il successo del Club Tahoe era importante per lui. «Quelli sono i suoi fratelli?»

Maria guardò indietro. «Credo di sì. Non li ho mai conosciuti ma si assomigliano, vero? E sono sexy, come Hunt.» Fece il broncio. «Ho sentito che sono tutti impegnati, però, tranne Hunt. Nessuna donna è riuscita a tenerselo, nemmeno per una settimana.»

Perfetto e quello era il tizio che il figlio di Abby ammirava.

«Mmm» disse Maria.

«Che c'è?»

«Hunt Cade, playboy straordinario, è appena tornato nel lounge. Da solo.» Agitò nuovamente le sopracciglia. «Sei sicura che non ci sia attrazione tra voi due?»

Capitolo Dieci

I fratelli di Hunt erano idioti.

«Non sei andato a casa con lei?» Questo da Bran, il monaco. Prima che conoscesse Ireland, cioè. Adesso non era così monacale.

«Che cosa sta succedendo?» Wes guardò sua moglie Kaylee. «Tu lavori con lui. Hunt è malato?»

«Non che io sappia. Hunt ha mai rifiutato una donna?»

«Mai» dissero all'unisono i suoi quattro fratelli idioti.

«Basta.» Hunt sbuffò. «Non me la sentivo.»

«Un'ora fa te la sentivi eccome» disse Levi. «E se non sbaglio, era una donna con cui ti ho visto un'altra volta. È perché ci sei già stato, vero?»

«No» ringhiò Hunt. Anche se, a dire la verità, non cercava da moltissimo tempo di passare più di una notte con la stessa donna e non perché fosse uno stronzo. Tutto il contrario.

Hunt voleva che le donne fossero felici quando erano con lui. Se andava con una donna più di una volta, lei poteva farsi l'idea sbagliata. E avrebbe rovinato tutto il lavoro che aveva fatto per farla sentire bene. Preferiva non rovinare una cosa bella. Anche se aveva preso in considerazione di dare una seconda occasione a Carrie quella sera. Cosa strana.

Carrie si era avvicinata e gli si era seduta in grembo appena lui era apparso nel lounge. Era intelligente e bella e lui aveva preso in considerazione un secondo round perché, ehi, non stava diventando più giovane.

Stare intorno ai bambini e alle loro famiglie lo stava contagiando. E aveva avuto bisogno di una distrazione da una certa mamma del club alla quale non riusciva a smettere di pensare.

Carrie ci aveva provato, e Hunt trovava difficile respingere una donna. Andava contro il suo bisogno di proteggerle e compiacerle. Solitamente, cercava di non farsi vedere quando vedeva arrivare qualcuno che faceva parte del suo passato, ma Carrie l'aveva colto di sorpresa e la sua resistenza si era indebolita.

Finché era entrata Abby.

Che cosa ci faceva lì? A quanto diceva, lei non usciva mai. Ma eccola, con la stessa amica con cui era al Blue Casinò.

Per quanto ne sapeva lui, Abby non veniva mai al Fireside Lounge. Era uno dei posti che lui frequentava di più e non l'aveva mai vista prima. Ma quella sera, la prima sera in cui Hunt aveva pensato di andare oltre un'unica notte con una donna, Abby era entrata e aveva rovinato tutto.

Non riusciva a concentrarsi. Certamente non sulla bella donna che aveva in grembo. Tutti i suoi pensieri erano andati alla donna al tavolo accanto a lui, con i capelli raccolti in uno chignon disordinato in cima alla testa e ciocche di capelli che le ricadevano sul viso e che lei continuava a mettersi dietro le orecchie delicate.

Orecchie delicate?

Hunt non notava le orecchie di una donna. Non gli interessava se fossero grandi o piccole o delicate. Che senso aveva? Una donna era più delle sue orecchie. Ma notava tutto di *quella* donna.

Abby sapeva che cosa gli stava facendo?

Probabilmente no. Non sembrava essere conscia di quanto fosse veramente carina. Abby non si vestiva mai per fare colpo e sospettava che pensasse che nessuno notasse le sue orecchie, o gli occhi o il sedere sodo e rotondo che sarebbe stato perfetto nel palmo della sua mano.

Hunt aggrottò la fronte. Aveva pensato costantemente ad Abby e la cosa lo stava veramente facendo incazzare. Era una *mamma*. Lui non usciva mai con le mamme. Avevano bisogno di più di quanto lui aveva da offrire e lui conosceva i propri limiti.

Ma in qualche modo il suo corpo e la sua mente non erano in sintonia. Perché si ritrovò ad andare da Abby, ignorando i commenti sussurrati dei suoi fratelli alle sue spalle e la parte razionale del suo cervello che gli diceva *torna a sederti, cazzo!*

«Salve» disse ad Abby. Sorrise alla sua amica. «Bello vedervi qui.»

«Un'altra battuta da rimorchio?» disse Abby.

«Non oserei mai.» Hunt avvicinò una terza sedia e si sedette al loro tavolo.

«Mi chiamo Maria.» L'amica di Abby si chinò in avanti, guardando oltre le sue spalle. «Sono i tuoi fratelli?»

«Secondo mia madre» borbottò Hunt. Normalmente, Hunt accettava tranquillamente le domande curiose dei suoi fratelli. Non aveva niente da nascondere. Ma non quella sera. Quella sera i suoi fratelli lo stavano irritando troppo.

«Maria mi stava giusto dicendo che sei il proprietario del Club Tahoe» disse Abby, con un tono accusatorio.

«Co-proprietario» la corresse Hunt. «Insieme ai miei fratelli. C'è qualche problema?»

Abby strinse le labbra. «Avresti potuto dirmelo.»

Hunt si grattò la testa. Che cosa aveva fatto di sbagliato? «Non te l'ho detto perché la maggior parte della gente lo sa già. Il Club Tahoe era di mio padre.»

«Oh» disse Maria, con la compassione negli occhi. «Ne ho sentito parlare. Mi dispiace per la tua perdita.»

Hunt tamburellò le dita sul tavolo, fissando gli occhi confusi di Abby. «Mio padre è morto un paio di anni fa. Ha lasciato questo posto a me e ai miei fratelli.»

«Mi dispiace.»

Hunt fece spallucce. «È passato un po' di tempo e non eravamo molto uniti.»

Maria si alzò. «Penso che andrò...» Indicò il bar. «... a vedere a che punto è il cibo.»

Maria se ne andò verso il bar. Stava dando spazio a Hunt e Abby e lui non era sicuro che la cosa gli piacesse. Da un lato, avrebbe voluto tutto lo spazio possibile per stare con Abby; dall'altro lato, non era sicuro che fosse una buona idea.

«Ma sei così bravo con i bambini...» disse Abby.

Hunt inarcò le sopracciglia. «E quindi?»

«Se non eri molto unito a tuo padre, come fai a essere bravo con i bambini?» Si torse le mani. «Cioè... Non volevo dire...»

Hunt decise di salvarla. «Voglio essere diverso da mio padre. I bambini sono importanti. Hanno bisogno di attenzioni e incoraggiamento.»

Abby sembrò sorpresa e poi gli rivolse un'occhiata impertinente. «È interessante che tu lo dica. Ho sentito dire che la tua filosofia con le donne è ben diversa da quella che riguarda i bambini. Sembra che tu sia allergico alle relazioni romantiche.»

«Ahi» disse Hunt e si sforzò di sorridere. Era la prima volta che quel tipo di commento gli faceva male venendo da qualcuno che non era suo fratello.

«Meno male che non ho permesso che le cose andassero oltre la sera in cui ti ho conosciuto» disse Abby.

Hunt si accigliò. «E questo che cosa dovrebbe significare? Io sono una brava persona.»

Abby sbuffò. «Sono sicura che tu sia una brava persona. E sei stato gentile con Noah. Ma i bravi ragazzi si impegnano con le donne cui tengono.»

A Hunt sembrava di essere su una giostra. Di che cosa stava parlando? «Forse non ho mai incontrato la donna giusta.»

Lei fece un cenno indifferente e bevve un lungo sorso del suo drink. Il Mule, se non si sbagliava. «È quello che dicono tutti.»

Lo avevano chiamato donnaiolo. Parecchie volte. Ma, non sapeva perché, non gli piaceva sentirlo da lei. «Un uomo ti ha trattata male e adesso odi tutti gli uomini?»

Abby gli rivolse un'occhiataccia e Hunt sentì le palle che si raggrinzivano.

Maledizione. Appunto mentale: le occhiatacce di Abby erano micidiali.

«Perché dicono che le donne odiano gli uomini quando stanno solo facendo notare il loro pessimo comportamento? Io non odio gli uomini. Ho un figlio, per l'amore del cielo. Ma gli uomini la fanno franca troppe volte e le donne vengono ritenute responsabili.»

«Quindi qualcuno ti ha trattato da schifo.»

Abby sospirò e la sua espressione si addolcì. «Trevor, il

padre di Noah, era un bravo ragazzo. Non mi ha mai tradita. Ma era irresponsabile.»

«Non ti ha sposato quando sei rimasta incinta.»

Abby irrigidì le spalle. «No... Sì... Non era solo quello. Pensava di avere tutto il tempo per sposarmi, creare un fondo fiduciario per Noah. Si è scoperto che non era così.»

Hunt riusciva a immaginarlo. Abby stava lavorando fino allo sfinimento per prendersi cura di Noah. Per non dire poi di quello che gli aveva detto dei nonni. Il padre di Noah non era stato previdente.

La gente probabilmente pensava che anche Hunt fosse irresponsabile, ma si sarebbero sbagliati. Se mai avesse avuto un figlio, se ne sarebbe preso cura. Punto. Non avrebbe lasciato le cose al caso come aveva fatto il padre di Noah. «Non incolpare tutti gli uomini per l'errore di uno solo.»

Abby sbuffò. «Non penso agli uomini, men che meno sciupo il mio tempo assegnando colpe a quelli che conosco appena.»

«Ne sei sicura?»

Abby lanciò un'occhiata al bar dove Maria stava parlando con un tizio dall'aspetto decente. «Dovrei andare. I nonni di Noah hanno annullato all'ultimo minuto e ho dovuto trovare una nuova babysitter. Voglio assicurarmi che Noah si sia addormentato senza problemi.»

Era presto, secondo gli standard di Hunt. Ed era il motivo per cui evitava le mamme. Avevano responsabilità per cui non era pronto. Sarebbe stato un buon padre quando fosse arrivato il momento, ma ora? Non riusciva proprio a immaginarlo.

Hunt alzò il mento. «Non hai nemmeno mangiato.»

Abby diede un'occhiata al bar dove c'erano i sandwich appoggiati davanti a Maria. «Lo porterò a casa.» Si alzò, e lo fece anche Hunt. Abby si torse le mani. «Hunt, apprezzo che tu sia così gentile con Noah, ma preferirei se non ti si affezionasse troppo.»

Che cazzo? «Noah è un bravo bambino ed è al club da un po'. È normale che lo conosca meglio degli altri bambini, ma lo tratto come tutti gli altri.»

Abby gli diede un'occhiata.

«Beh, quasi.»

«Se per te è lo stesso, preferirei che non ti si affezionasse troppo» ripeté. «Lo ferirebbe se di colpo sparissi.»

Hunt si avvicinò di un passo, sentendo l'elettricità che esplodeva. C'erano scintille che volavano tra i loro corpi come era successo al Blue Casinò e ogni altra volta in cui era vicino a quella donna. Non aveva provato niente di simile quando Carrie si era adagiata sulle sue gambe. Ma Abby era a un passo e avrebbe voluto superare la corrente elettrica e tirarla vicina. «E questo da dove arriva? Io non vado da nessuna parte.»

Abby si mise dietro l'orecchio la ciocca di capelli ribelle. «Forse no. Non lo so. Ma adesso che so della tua reputazione, penso che sia la cosa migliore.»

La rabbia di Hunt si acuì. «Per chi? Noah? O è meglio per te?»

Abby deglutì, spalancando gli occhi. «Sarà meglio che vada» disse e girò intorno al tavolo per andare da Maria.

Hunt lasciò andare lentamente il fiato. Non era mai stato così furioso con una donna. Nemmeno con Lisa. Abby lo stava giudicando prima che avesse fatto qualcosa di sbagliato, cercando di impedire che si avvicinasse a Noah, e quello proprio non gli piaceva.

Prendere le distanze da Noah e Abby... non gli piaceva. Per niente.

Tentando di far felici tutte le donne, era riuscito a far scappare spaventata l'unica donna cui voleva avvicinarsi.

Capitolo Undici

«Dov'è?» Abby cercò in tutta la casa, chiamando suo figlio, guardando sotto i tavoli e i letti nel tentativo disperato di trovare Noah.

La babysitter, confusa, si guardò attorno. «Mi sono addormentata» disse inutilmente.

Abby era tornata dal Fireside Lounge e aveva trovato la ragazza addormentata sul divano. Dormiva profondamente e non si era svegliata quando era arrivata Abby. Erano passate le undici e non biasimava la ragazza per essersi appisolata. Ma quando era andata a controllare Noah, lui non era a letto. E quello l'aveva spaventata a morte.

Il cuore di Abby martellava, il panico le stava stringendo il petto. «Dov'è mio figlio?»

Gli occhi della ragazza erano così spalancati che sembravano pronti a uscirle dalla testa. «L'ho messo a letto ore fa. Stava bene, lo giuro.»

Abby si lasciò cadere sul divano, afferrandosi la testa e dondolando avanti e indietro. «Oh mio Dio, oh mio Dio.» Doveva chiamare la polizia. Doveva cercare nel vicinato. Doveva continuare a cercare in casa.

Si alzò e girò in tondo. Aveva già controllato la casa. Fuori... Doveva controllare di fuori e chiamare la polizia.

Abby prese una torcia dal cassetto delle cianfrusaglie e corse verso la porta. C'erano orsi a Tahoe e altre creature di montagna. Doveva trovare Noah. *Subito, subito, subito...*

«Il suo telefono sta suonando» disse la babysitter e Abby la ignorò.

Si premette le dita contro le tempie. «Prendi una torcia e aiutami a cercare.»

La ragazza prese un'altra torcia dallo stesso cassetto dove Abby aveva preso la sua. Si fermò e prese il telefono di Abby. «Sta ancora suonando. Forse è Noah.»

«Noah non ha il telefono.»

«Ma...»

Abby finalmente guardò l'ID. Era Vivian.

Se non avesse risposto, Vivian avrebbe fatto domande su dov'era e avrebbe presunto il peggio perché aveva ignorato una chiamata. Premette il tasto per accettare e spalancò la porta d'ingresso, correndo giù dagli scalini. «Adesso non posso parlare, Vivian.»

«Ti manca qualcosa?»

Abby restò di sasso. «Cosa?»

«Sono venuta questa sera a controllare Noah e la babysitter che hai assunto era svenuta, talmente fatta che non si è nemmeno svegliata. Ho portato mio nipote al sicuro.»

«Che cos'hai fatto?» Abby girò in tondo, afferrandosi la testa. Che cos'aveva quella donna che non andava? «Non ne avevi il diritto! Hai idea di come fossi terrorizzata quando sono arrivata a casa e Noah non c'era?»

Vivian ignorò la domanda. «Riesci a malapena a tenerti un lavoro e adesso assumi una drogata per curare il mio caro nipotino. Non posso permettere che continui.» Vivian riappese.

Abby fissò il telefono. E quello che cosa avrebbe dovuto significare?

Si voltò verso la ragazza. «Perché non ti sei svegliata quando sono arrivata a casa?»

La ragazza sembrava inorridita. «Mia madre dice sempre che dormo come un sasso. Non l'ho sentita. Mi dispiace tantissimo. Noah sta bene?»

«Sua nonna è entrata, ti è passata sotto il naso e l'ha preso mentre dormivi. E se fosse stato un estraneo?»

La ragazza scosse la testa. «Ma la porta era chiusa. Mi sono assicurata di chiuderla quando è uscita questa sera.»

Abby rientrò in casa e rimise la torcia nel cassetto. «Vivian ha una chiave.»

Strinse forte gli occhi. Dopo la morte di Trevor ed essersi trasferita in una casa più piccola, aveva stupidamente dato una chiave a Vivian, pensando che l'avrebbe aiutata con Noah. A quel tempo non aveva idea che Vivian l'avrebbe usata contro di lei.

La babysitter si dimenò a disagio. «Non deve pagarmi. È colpa mia.»

«Ti droghi?» chiese Abby. Doveva sapere se c'era un fondo di verità nelle parole di Vivian, anche se ne dubitava. La ragazza era una studentessa adolescente da tutti 10, figlia di uno dei medici con cui lavorava.

«No! Mai! Dormo veramente profondamente. Può chiederlo a mia madre.»

Abbey prese i soldi dalla sua borsa e li porse alla ragazza. «Non è colpa tua. Tu avevi chiuso la porta. La nonna di Noah avrebbe dovuto svegliarti quando è entrata.»

La babysitter prese la sua borsa e andò alla porta. «Mi dispiace» ripeté e uscì.

Abby si lasciò cadere sul divano e si coprì la faccia. Vivian cercava da anni scuse per portarle via Noah e quella sera la faccenda era incriminante. Come aveva potuto pensare di poter avere una vita al di fuori del lavoro con qualcuno come Vivian che le stava addosso?

Le scesero le lacrime sulle guance. Era sollevata che suo figlio stesse bene, ma era anche spaventata a morte, non sapendo fin dove sarebbe arrivata Vivian.

* * *

Noah non si era fatto vivo al Club dei Bambini quel giorno e Hunt aveva saputo da Kaylee che c'era stata una specie di emergenza familiare.

Che emergenza? Era reale o Abby stava cercando di allontanarli?

Camminò avanti e indietro sul molo e finalmente prese una decisione.

Era ridicolo. Hunt non avrebbe mai fatto del male a Noah. E se Abby non provava la stessa attrazione che provava Hunt per lei si sarebbe tirato indietro, nessun problema. In effetti, aveva fatto un buon lavoro evitando di mostrare le sue carte fin dalla sera al club quando Abby aveva detto chiaramente che non era interessata. Non aveva motivo di avere paura di lui e aveva intenzione di dirglielo.

Hunt chiese a Bran di coprirlo per l'escursione in barca programmata per mezzogiorno, cosa che Bran accettò brontolando, pazienza, poi Hunt andò nella sala giochi del Club dei Bambini.

Abby gli aveva chiesto di stare lontano, ma non poteva farlo. Non poteva restare fermo a guardare mentre Noah e Abby erano in difficoltà, quando aveva la possibilità di aiutarli. Il minimo che poteva fare era essere un buon amico.

«Noah ha lasciato qui la sua bottiglia termica» disse

Hunt a Kaylee. «Faccio una scappata a casa sua mentre mi occupo di alcune commissioni.» Era la verità. Noah aveva lasciato la sua bottiglia. Non che lui di solito facesse visite a domicilio per restituire cose lasciate indietro.

Kaylee lo guardò socchiudendo gli occhi e Harlow tese le braccia verso di lui. Hunt sorrise a sua nipote e le baciò la manina. «Noah può prenderla quando verrà domani» disse Kaylee. «Non c'è bisogno che tu faccia una deviazione.»

«Non è un problema. Vado in quella direzione.»

«Hunt.» Kaylee gli rivolse un'occhiata preoccupata. «Che cosa stai facendo? Ho visto il modo in cui guardavi Abby ieri sera. Non stai solo aiutando Noah.»

«È una brava persona e ha bisogno del nostro sostegno. Sono già in giro ed è facile per me passare da loro.»

Kaylee storse la bocca. «Bene, ma le manderò un messaggio per farle sapere che qualcuno del club passerà a lasciare la bottiglia di Noah. Non voglio essere invadente.»

«Buona idea.» Diede un bacio alla guancia grassoccia di Harlow. «Ci sentiamo dopo.»

«Hunt» disse Kaylee, proprio quando si voltò per andare. «Stai attento. È una madre stressata. Per favore, non peggiorare le cose.»

«Perché dovrei peggiorare le cose?»

«Perché sei Hunt, amante del genere femminile del mondo intero?»

«Esattamente» le rispose sorridendo. «Sono uno che ama, non uno che combatte.»

Kaylee sospirò. «Per favore, non farti coinvolgere con una delle nostre clienti. Gli affari del club stanno appena decollando da quando tu e i tuoi fratelli siete al comando. Non rovinarlo per la tua famiglia.»

«Oh, donna di poca fede.» Hunt scosse la testa. La sua espressione era tranquilla, ma il commento gli aveva fatto male. La sua famiglia non credeva in lui. Per niente. Lo ritenevano tutti un somaro sconsiderato.

Lui non era sconsiderato. Un somaro? Sì, a volte. Quando si trattava dei suoi fratelli. Ma quando era ora di comportarsi da uomo, lui c'era sempre. Solo, ultimamente non ne aveva avuto l'opportunità. Negli ultimi dieci anni circa, diciamo.

Ma qualcosa gli diceva che se c'era qualcuno che aveva bisogno che si comportasse da uomo, quelli erano Abby e Noah.

Capitolo Dodici

Hunt controllò l'indirizzo che aveva copiato dal computer del Club dei Bambini e fissò il piccolo cottage inserito tra due condomini. Fondamentalmente in uno dei posti più squallidi in città, con un alto tasso di ricambio degli inquilini e vicino ai casinò.

Scese dalla sua Range Rover e inserì la bottiglia di Noah nella tasca posteriore dei suoi jeans. Il posto era abbastanza silenzioso, con i pini che occupavano lo spazio tra gli edifici ma, accidenti, la casa era minuscola. Niente garage o tettoia per l'auto, solo una struttura quadrata che non poteva avere più di una camera, con un tetto che si inclinava in avanti e la vernice esterna scrostata.

Hunt salì i gradini. C'era un vaso di plastica pieno di coloratissimi fiori rossi e viola sul pianerottolo. Messo lì per rallegrare il cottage malmesso?

Bussò alla porta e aspettò. Stava per bussare di nuovo quando la porta si aprì lentamente.

Abby guardò fuori, con occhiaie scure sotto gli occhi e i lunghi capelli ondulati sciolti sulle spalle. Per una volta non indossava la divisa da infermiera. Invece aveva una t-shirt larga e i jeans. «Hunt?»

«Salve. Hai ricevuto il messaggio da Kaylee?»

«Messaggio?» Abby sembrava stordita. Spalancò la porta e rientrò.

Hunt esitò un attimo e poi la seguì.

Abby andò verso il ripiano della piccola cucina e prese il telefono. «Non controllo i messaggi da un'ora.» Scorse i messaggi. «Non era il caso di venire fin qua per lasciare la bottiglia di Noah.» Le mancò la voce quando pronunciò il nome di Noah e Hunt se ne accorse, preoccupato.

«Va tutto bene?» le chiese.

Chiaramente no. Aveva lo sguardo vitreo, gli occhi rossi come se avesse pianto. Ma era il motivo per cui era venuto. Si era preoccupato quando Noah non era arrivato al club.

Spesso era il primo ad arrivare e l'ultimo a uscire. Da quando frequentava il club, Noah non si era ammalato una sola volta. Qualcosa non andava. «Dov'è Noah?»

Abby strinse forte gli occhi e fu in quel momento che la diga si ruppe. Si coprì la faccia e le spalle cominciarono a sussultare. Andò al divano e si sedette. «Andato.»

Hunt si sedette accanto a lei, con l'espressione tesa. «Andato dove?» Abby non gli mostrava la faccia e lui le staccò dolcemente le mani per vedere i suoi occhi. «Che cos'è successo?»

Abby si asciugò le lacrime dalle guance. «Sabato sera, la nonna di Noah è venuta mentre ero al Fireside Lounge. L'ha preso.»

«L'ha preso? Dove l'ha portato?»

Abby lo fissò. «Vivian, la nonna di Noah, ha chiamato i servizi sociali dichiarando che ero uscita a far festa e avevo lasciato mio figlio con una supervisione non adeguata.»

«Cosa!?» ruggì Noah.

Abby si morse il labbro. «Vivian ha una chiave di casa mia. È entrata mentre la babysitter dormiva e ha portato via Noah. Poi ha chiamato i servizi sociali dicendo loro che avevo permesso a una drogata di curare mio figlio. Non è la prima volta che li chiama quando pensa di avere qualcosa contro di me. E adesso i servizi sociali stanno indagando. Non posso riavere Noah finché il procedimento sarà finito e avrò dimostrato che posso tenerlo al sicuro.»

Hunt si passò le mani sui capelli. «Che cos'ha quella donna?»

«È ossessionata, vuole la custodia di Noah. E non ha intenzione di smettere.» La faccia di Abby si contorse per il dolore. «Non so che cosa fare. Ho cercato di essere perfetta. Di provvedere a mio figlio. Ma non posso lottare contro i genitori di Trevor. Hanno troppi soldi. Troppe risorse.»

Che razza di nonni portavano via un bambino a sua madre? Oltretutto a una buona madre, non a un genitore che se ne disinteressava.

Abby lo guardò, fissandolo intensamente. «Devo riaverlo.»

«Lo riavrai.» La mente di Hunt stava già lavorando, studiando le alternative.

Sentirono bussare alla porta e Abby sobbalzò.

«Aspettavi qualcuno?» le chiese Hunt.

«No. Non aspettavo nemmeno te.»

Abby si alzò e andò alla porta, l'aprì esitando come aveva fatto quando era arrivato lui. «Vivian?»

La nonna? Hunt si alzò, con il suo istinto protettivo in sovraccarico. *Stai calmo*, si disse.

«Salve Abby.» Vivian guardò oltre Abby vedendo Hunt e strinse gli occhi. «Vedo che hai compagnia.» Il suo tono era beffardo.

Vaffanculo. Hunt andò a mettersi accanto ad Abby.

«Posso entrare?» chiese Vivian.

«Come sta Noah?» disse Abby, aprendo la porta in modo che la nonna di Noah potesse entrare.

«Sta prosperando. Gli piace passare del tempo con me e suo nonno.»

«Che cosa gli hai detto?» le chiese Abby. «Sul motivo per cui sta da voi.»

«Non preoccuparti» rispose Vivian. «Non gli ho detto niente riguardo alla tua incapacità di tenerlo al sicuro. Per ora.»

Abby strinse i pugni. «Vivian, per favore, non farlo. Io voglio bene a mio figlio. Non c'è niente che voglia più di prendermi cura di lui e crescerlo in un modo che renderebbe orgoglioso Trevor.»

Vivian fissò Hunt che accanto a lei. «Come puoi dirlo mentre sei in giro a bighellonare con gli uomini? Sono sicura che Trevor non approverebbe.»

«Esco molto raramente.»

«Non ne ha bisogno» si intromise Hunt.

Abby gli rivolse un'occhiata esausta.

Abby aveva bisogno di lui. E lui era pronto a farsi avanti.

«Oh?» disse Vivian. «E tu chi sei?»

Abby fece per rispondere, ma Hunt parlò prima che potesse farlo: «Il suo fidanzato».

Capitolo Tredici

bby lanciò un'occhiata a Hunt, con gli occhi sgranati.

«Fidanzato?» disse Vivian guardando Abby. «Ehi, ti *sei* data da fare.»

Abby si passò la mano sul volto. «Non è come credi.»

«Perché è venuta qua?» chiese Hunt.

Vivian sogghignò e poi la sua espressione tornò neutra. «Sono venuta a prendere la coperta preferita di mio nipote. Sembra che abbia difficoltà a dormire senza di quella.»

Abby irrigidì la schiena. «Non sta bene? Mi hai detto che stava bene.»

Vivian fece un gesto indifferente. «Sta bene. Ha solo qualche problema a tranquillizzarsi la sera.»

Abby cominciò a camminare avanti e indietro.

Hunt le mise la mano sul braccio e la tirò da parte. «Prendi la coperta e fai in modo che Vivian se ne vada» sussurrò.

«Che cosa pensavi di fare, dicendole che sei il mio fidanzato? Non sai che cosa hai fatto. Vivian lo userà contro di me.»

«Lasci che ci provi.»

«Hunt» disse Abby, gemendo.

Hunt appoggiò entrambe le mani sulle sue spalle sottili. Non era piccola, ma comunque molto più piccola di lui. «Ascoltami. Non permetterò che questa donna ti porti via Noah. Vuoi fidarti di me?»

«Ti conosco appena» rispose seccamente Abby.

«Ma io conosco Noah. E sai che farei di tutto per tenerlo al sicuro.»

Abby si fermò. Fece una lunga pausa mentre lo fissava negli occhi. Poi annuì.

E, in effetti, che scelta aveva? I nonni di Noah stavano sfoderando l'artiglieria pesante per ottenerne la custodia. Abby aveva bisogno di aiuto. Un aiuto che Hunt poteva darle. «Prendi le cose di Noah. Io terrò d'occhio la nonna.»

Abby sbuffò. «Non ha certo intenzione di rubare in questa casa.»

«No.» Guardò verso l'ingresso dove c'era Vivian. «Ma è subdola. Non mi fido di lei, e tu?»

«Giusto. Solo, non dire niente che peggiori la situazione.»

Hunt sorrise. «Farei mai una cosa simile?»

«Sì.»

«Hai detto che ti saresti fidata di me.»

«Solo perché sono disperata» gli rispose Abby.

«Mi sta bene. In ogni caso ti coprirò le spalle.» Le diede una piccola spinta verso il corridoio. «Fai in fretta.»

Appena Abby entrò in una delle tre porte sul corridoio, Vivian si precipitò verso Hunt. «Fidanzato, dici? Da quanto va avanti questa storia?»

«È recente.» *Vero.* «Ma conosco suo nipote da un anno e ho intenzione di prendermi cura di lui e di sua madre.»

Vivian ridacchiò. «Abby perderà la custodia di suo

figlio, se non l'hai ancora capito. Non ha idea di come occuparsi di mio nipote.»

Hunt dubitava che Vivian avrebbe ottenuto la custodia e sapeva benissimo che Abby era un'ottima madre.

Gli salì la pressione, ma fece un respiro profondo per calmarsi. Non aveva senso litigare con quella donna. Non in quel momento. Doveva fare le cose nel modo giusto per il bene di Abby e di Noah.

Abby tornò con una coperta e alcuni altri oggetti. Li passò con cautela a Vivian. «Puoi dire a Noah che lo chiamerò stasera?»

Vivian arricciò le labbra. «Se ritieni che sia necessario...»

«È sua madre» disse Hunt. «È necessario.»

Vivian lo studiò. «Non sono sicura che gli assistenti sociali sarebbero d'accordo.»

Hunt aprì la porta e si fece da parte per permettere a Vivian di uscire. «La contatteranno i nostri avvocati riguardo alle false accuse che ha rivolto alla mia fidanzata.»

Vivian aprì la bocca e poi il suo volto si indurì. «Lo vedremo.» Uscì e andò in fretta verso la sua Lexus nuova di zecca.

Hunt chiuse la porta e lasciò uscire un lungo sospiro.

Abby gli diede un pugno sulla spalla. «Che cosa stai facendo?»

Hunt si massaggiò il braccio. «Far tornare Noah?»

«Mentendo a sua nonna? Non pensi che scoprirà che non stiamo veramente per sposarci?»

Hunt andò a sedersi sul divano. «Ascoltami.»

Abby lo seguì e si sedette a sua volta, ma lasciò mezzo metro di spazio tra di loro. «Non mi serve questo tipo di problema, Hunt.»

«E se non fosse un problema? Se ci sposassimo, avrai il mio nome e la mia influenza in questa città ad appoggiarti.»

«Hai perso la testa? Potrei capire la faccenda del fidanzato, per togliere di mezzo Vivian, ma un vero matrimonio? Non mi farà riavere mio figlio. Non se Vivian scoprirà che stiamo mentendo. E hai già ammesso che hai un background piuttosto sfrenato con le donne.»

Accidenti, aveva ragione. «Anche i donnaioli prima o poi si sistemano.»

«Mi stai seriamente dicendo che mi sposeresti per aiutare Noah?»

«Sì.» E anche perché voleva aiutare Abby. Era attratto da lei ed essere sposato non sembrava una cosa così estranea se pensava al matrimonio con Abby.

Abby lo fissò per quelli che sembravano 20 minuti ma che probabilmente erano solo due. «Ho bisogno di pensarci.»

«Pensaci in fretta. Voglio assumere un avvocato e, se siamo fidanzati, il mio coinvolgimento in qualunque problema di custodia con Noah avrà più senso.»

Abby si strofinò la fronte. «Non posso permettermi un avvocato.»

«Forse tu no, ma io sì.»

Abby chiuse gli occhi. «Per l'amor di Dio, tu che cosa ricaveresti da tutta questa storia?»

«Niente all'apparenza, tranne aiutare una madre e un bambino importanti per me.»

«Io? Ti importa di me?»

Hunt annuì.

Non sapeva che cosa c'era in Abby, forse un po' di tutto, ma Hunt era attratto da lei come non lo era mai stato da nessun'altra donna. Non aveva pensato di arrivare fino a quel punto per aiutare lei e Noah, ma, una volta incontrato il demonio, Vivian, si era reso conto che avevano bisogno di lui. Ciò che la nonna stava facendo era sbagliato e Hunt aveva le risorse per fermarla.

«Possiamo decidere che il matrimonio sia solo di nome.» Hunt avrebbe voluto di più con Abby, ma non avrebbe mai fatto pressioni. Comunque, se le cose fossero successe in modo naturale... Chi era lui per combattere la natura?

«Che cosa succederà quando uscirai con altre donne?»

«Non lo farò» rispose Hunt facendo spallucce.

Abby lo guardò come se fosse impazzito. «Sei disposto a rinunciare alle donne, pagare un avvocato e sposarti, solo per aiutarmi?»

Hunt non voleva spiegare fin dove sarebbe arrivato per proteggere Abby e Noah perché non riusciva a spiegarlo. «Sì. Finché non riavrai tuo figlio e la custodia sarà definita. Mi assicurerò anche che tu e Noah siate finanziariamente a posto. I miei fratelli e io abbiamo ereditato dei soldi da nostro padre. Ho sempre avuto intenzione di usarli per qualcosa di utile.»

Abby rise e scosse la testa, incredula. «Hai dei soldi che ti bruciano in tasca ed è per questo che li vuoi usare?»

Sembrava una pazzia, ma se non riusciva a spiegare nemmeno a se stesso questo bisogno di aiutare Abby, non era certo in grado di spiegarlo a lei. «Ascolta, nel mio conto c'è abbastanza per aiutare te e Noah e una dozzina di altre famiglie. Firmeremo un accordo prematrimoniale, se ti fa sentire meglio.»

«Tranne che non dormiremo insieme né consumeremo il matrimonio.»

Hunt lasciò uscire un suono soffocato. A dire la verità, gli sarebbe piaciuto consumare il matrimonio. Diavolo, gli sarebbe piaciuto eccome consumare il fidanzamento. Ma desiderava di più tenere al sicuro Abby e Noah. «Giusto, se è quello che vuoi.»

Abby strinse gli occhi. «Non è un qualche mezzo subdolo per portarmi a letto, vero?»

Hunt sorrise spavaldo. «Non ho mai dovuto sposare una donna per portarla a letto.»

Abby si morse il labbro. «Probabilmente è vero. Comunque ho bisogno di pensarci. Non ti puoi aspettare che accetti immediatamente il tuo piano. È completamente folle, sai.»

Hunt fece nuovamente spallucce. «Secondo me ha senso, ma certo, prenditi del tempo.» Si alzò e andò alla porta. «Ma tanto perché tu lo sappia, appena mi darai l'okay, assumerò il miglior avvocato specializzato in diritto di famiglia che c'è in città. Voglio Noah fuori dalle grinfie di quella donna.»

Abby si sentì tremare e le lacrime ricominciarono a cadere. Annuì. «Grazie. Per oggi e perché stai pensando a un modo per aiutarmi»

Pensando? Lui aveva già deciso. Ora doveva solo convincere lei.

Capitolo Quattordici

Maria si soffocò con un sorso di vino bianco. «Che cos'ha fatto?»

«Abbassa la voce.» Abby diede un'occhiata dall'altra parte della stanza dove Noah stava giocando sul computer di Maria. «Hunt mi ha chiesto di sposarlo» disse a bassa voce.

Lo sguardo di Maria volò al suo anulare sinistro.

«Non è così» disse Abby. «Non sarebbe reale. Ci sposeremmo solo di nome. Qualcosa per dimostrare che ho una situazione stabile e, spero, togliermi Vivian di dosso.»

«Un matrimonio di convenienza» disse Maria.

«Sì.» E, accidenti, come suonava sbagliato. Lo stava veramente prendendo in considerazione?

«Crudelia sa che stai per sposare questo tizio?» chiese Maria.

Abby fece una smorfia. «Non ho accettato di sposarlo, questa è la parte spinosa. Hunt ha dichiarato di essere il mio fidanzato proprio di fronte a lei. Stava cercando di aiutarmi, ma mi mette in una posizione impossibile. Non so perché si sia offerto o perché arriverebbe fino a questo punto per aiutare Noah e me.»

Maria appoggiò il suo bicchiere sul tavolo. «Sinceramente? Non lo so nemmeno io. Non concorda con l'Hunt Cade di cui ho sentito parlare. Quell'uomo è un dio dell'amore. Hai idea di quanto donne si è portato a letto?»

«Puah, no. E per favore non dirmelo. Sto già faticando con la proposta. Non ho bisogno di numeri come quelli che mi impediscano di prendere una decisione saggia. Se sono sposata, la società potrebbe vedermi come una madre in grado di provvedere meglio a suo figlio. Non che sia giusto, ma è così che funziona il mondo. Purché non sposi uno psicopatico.» Fissò gli occhi della sua amica. «Posso fidarmi di Hunt? O questa è l'idea peggiore di sempre?»

Maria fece un respiro profondo, poi fece una faccia buffa e soffiò fuori il fiato. «Oppure potrebbe essere la tua *migliore* idea. O la migliore idea di Hunt, dato che è lui che l'ha avuta. Se fa differenza, non mi viene in mente niente di allarmante e sai che te lo direi se pensassi che stai facendo un errore.»

Abby ridacchiò. «Sì, non hai filtri.»

«Oh, grazie» disse Maria.

«Parlando seriamente però, Maria. Non posso fare un errore. I servizi sociali hanno ordinato a Vivian di restituirmi Noah perché non c'erano prove di misfatti, ma che cosa succederà la prossima volta in cui i nonni di Noah tenteranno qualcos'altro? E se sposassi Hunt e lui non fosse l'uomo che penso che sia? Potrei peggiorare la situazione.»

Maria distolse gli occhi, guardando nel vuoto. «Difficile pensare a come potrebbe peggiorare, vista la campagna diffamatoria lanciata da Crudelia. Hunt dovrebbe fare qualcosa di veramente irresponsabile. O trasformarsi all'improvviso in un uomo violento. E non ho mai sentito dire che i

Cade siano violenti. Beh...» Fece una risatina. «... C'era stata quella volta alla festa di fidanzamento di suo fratello... Ma conta?»

«Sì!»

Maria fece un gesto indifferente. «Fratelli e pugni vanno di pari passo. Secondo i resoconti, è stata una festa da sballo e la lotta tra due uomini sexy è stata la ciliegina sulla torta.»

Abby si massaggiò la testa. «Oh mio Dio, sei folle come Hunt.»

«Follemente intelligente?» disse Maria. «Sì, certo. Quindi direi che saresti sciocca a rifiutare l'offerta di Hunt. Adesso passiamo alle cose importanti. Esattamente, che tipo di matrimonio sarà, eh?»

Abby sbuffò. «Solo di nome, ricordi. Accordo prematrimoniale e tutto.»

Maria strinse gli occhi. «Sei sicura di riuscire a rispettare quell'accordo?»

«L'accordo prematrimoniale? Certo.»

Maria le diede una spinta con la spalla. «Sai che cosa voglio dire. L'*altra* roba. La roba di sesso bollente.»

Abby voltò in fretta la testa verso dov'era seduto Noah, ma stava ridendo a un cartone che saltellava sullo schermo del computer. «Abbassa. La. Voce.» Lanciò un'occhiata letale alla sua amica.

«Rispondi alla domanda.»

«Hunt ha detto che non frequenterebbe altre donne mentre siamo sposati.»

«Davvero?» Maria inarcò le sopracciglia. «Wow. Okay. Comunque non risponde alla mia domanda. E tu, la mogliettina?»

Abby si schiarì la voce, aveva la bocca improvvisamente secca. «Manterremo le cose platoniche.»

Maria alzò un dito. «Vediamo se ho capito bene. Sarai sposata con uno degli uomini più sexy in città e... Non lo toccherai?»

Abby tossicchiò tenendosi la mano davanti alla bocca. Detto così sembrava assurdo. «Sì, è così.»

Maria sbatté il palmo della mano sul tavolo e Abby sobbalzò. «Ti troverai in un maledetto vortice di tensione sessuale» sussurrò Maria, tenendo finalmente bassa la voce con Noah a poca distanza. «Lui sarà costantemente allupato e senza uno sfogo, e anche tu. Non c'è modo che due belle persone, attratte l'uno all'altra, non perdano la testa in una situazione simile.»

«Io non credo che lui sia...»

«Piantala» disse severamente Maria. «È attratto da te. L'ho visto con te al club e poi al Fireside Lounge, ricordi?»

Il radar di Abby era distorto, con lo stile di vita casto dopo la morte di Trevor. Si era chiesta se Hunt fosse attratto da lei, ma lui aveva fatto un gran bel lavoro mantenendo le distanze quando aveva scoraggiato le sue avance iniziali, quindi ora non sapeva più se fosse vero.

Maria fece nuovamente una smorfia, ma questa volta aveva uno scintillio negli occhi. «Sei sicura che si asterrà dal sesso? Perché non sembra il tizio che conoscono tutti in città. Potrei dover intervenire e salvarlo.»

Abby ridacchiò. «Hai in programma di venire ad aiutarlo con il suo periodo di magra?»

Maria stava scherzando. Beh, a metà. «È bello e la tentazione ci sarà.» Poi arricciò il naso. «Okay,» disse Abby, «ho pensato anch'io a come sarebbe senza vestiti.»

Maria annuì. «È quello di cui stavo parlando.»

«Ma questa faccenda non riguarda me e la mia vita amorosa» disse Abby. «Devo mantenere il rapporto platonico. Che cosa succederebbe se superassi quella linea e non funzionasse? A quel punto saresti una madre single *divorziata*. Dio solo sa che cosa farebbe Vivian con quell'informazione. Troverebbe il modo di usarla contro di me, come tutto il resto.»

Maria annuì lentamente. «Giusto. Come le vaccinazioni.»

Abby alzò le mani. «Quelle stupide vaccinazioni. Volevo solo diluirle, non mandare a scuola Noah senza che fosse vaccinato. Ma Vivian notò quando aveva tre anni che non le aveva ancora finite e l'ha usato contro di me. Non ho idea di chi l'avesse detto a Vivian, all'interno del dipartimento dell'educazione, ma, chiunque fosse, aveva quasi fatto espellere mio figlio. Sto ancora andando in giro per la città a mostrare alla gente del distretto che Noah è a posto con le scadenze. Giuro che quella donna cerca ogni pretesto per dipingermi come una cattiva madre.»

Mari annuì. «È quello che fa... Okay, bene, quindi un matrimonio *solo di nome*. Che Dio ti aiuti. Adesso resta da capire: hai intenzione di andare avanti?»

Abby inspirò piano. «Sono tentata. Non so se Vivian potrebbe veramente portarmi via Noah, ma quella donna è pazza. Ed è potente, con tutti i soldi che ha. Non voglio correre rischi con lei. *Non posso*.»

«Potresti sempre trasferirti lontano» disse Maria.

Abby sospirò. «Ci ho pensato. Ma Noah adora Lake Tahoe ed è l'ultima parte che ha di suo padre. Inoltre penso che la lunga mano di Vivian arriverebbe dovunque andassi. In effetti, non escluderei che mi facesse causa per impedirmi di portar via Noah. E, senza soldi, non potrei combatterla.»

«Trasferirsi, oltretutto, non costa poco» disse Maria, storcendo la bocca mentre rifletteva.

«C'è qualcos'altro» disse Abby. «Prima di venire qua oggi, potrei aver fatto un po' di cyber-stalking su Hunt.»

«Ovvio.» Maria si chinò in avanti e sorrise. «Che cos'hai scoperto?»

«Il suo crimine peggiore sembra essere il suo amore per le donne, come hai detto. Ci sono fotografie di lui su un mucchio di account Instagram e Facebook, anche se non sembra che lui abbia un account.» Fece spallucce. «Immagino che potrei far finta di niente se cambiasse idea sul non vedere altre donne mentre siamo sposati.»

Abby si sentì stringere lo stomaco. Anche se fossero stati sposati, non avrebbe avuto alcun diritto su Hunt. Ma l'idea di lui con qualcun'altra mentre vivevano insieme era solo... Uffa, non era giusta, ecco tutto.

«È come mi hai detto. Quell'uomo è sexy da morire. Perché non dovrebbe cedere se qualche donna ci provasse con lui?»

«Perché ha detto che aveva intenzione di impegnarsi con te?» Le fece notare Maria. «È un donnaiolo, certo, ma come la maggior parte dei donnaioli, giuro che quell'uomo ha la reputazione di essere adorato dalle donne. Cosa che non succederebbe se fosse uno stronzo. Non mente e non si approfitta delle donne. Semplicemente, non prende un impegno.»

«Eppure prenderebbe un impegno con me?»

«Sì.» Maria annuì lentamente con un'espressione seria sul viso. «Pensaci. Quando non sei stressata per il lavoro o la vita, sei uno schianto. Forse gli piaci veramente? Forse vuole sinceramente aiutarti?»

Abby chiuse gli occhi. «E siamo tornati alla prima casella. Potrebbe essere la cosa giusta da fare per Noah e me.»

«Dovresti sposarlo» disse Maria.

Abby sbatté gli occhi. «Davvero?» Aveva preso in considerazione di andare fino in fondo e adesso la sua migliore amica le stava dicendo anche lei di farlo.

«Lui e i suoi fratelli sono miliardari», aggiunse Maria, «e i soldi significano potere. Mettiamola così: quei fratelli hanno più soldi e influenza di Crudelia ed è quella la cosa fondamentale. Se Hunt è sincero, e da quanto mi hai detto credo che lo sia, farà la sua parte.»

Abby si strofinò la fronte e diede un'occhiata a Noah. «Non posso rinunciare, eh?»

Maria le avvicinò il bicchiere di vino. «Se sei furba non rinuncerai.»

Capitolo Quindici

Era lunedì e Abby aveva la giornata libera, quindi per quel giorno non mandò Noah al club. Aveva intenzione di giocare con lui e fare le faccende domestiche. Avrebbe preferito saltare la parte delle faccende, ma Noah non aveva più biancheria e Abby non voleva nemmeno pensare di che tipo di negligenza l'avrebbe accusata Vivian. Inoltre lei aveva bisogno di divise pulite, quindi era con l'acqua alla gola per quanto riguardava il bucato.

«Che cosa ti piacerebbe per colazione? Waffle o pancake?» chiese a Noah.

Lui si strofinò gli occhi, con indosso i pantaloni di un pigiama e una maglietta. Era appena uscito dalla sua stanza dopo aver dormito fino alle otto, grazie al cielo. «Pancake con sciroppo extra» disse con la sua voce dolce, ancora un po' assonnata e si lanciò a faccia in giù sul divano.

«In arrivo.» Abby si sentiva più ottimista quella mattina di quanto lo fosse stata da tanto tempo. Non si sentiva più tanto con le spalle al muro. Aveva delle alternative. Certo, c'era di mezzo un uomo che conosceva appena, ma Hunt le stava offrendo un'alternativa allettante alle battaglie quotidiane che combatteva da anni.

Fece scorrere lo schermo finché trovò una vecchia playlist con la canzone *Respect* di Aretha Franklin e alzò il volume del telefono, muovendo i fianchi mentre preparava la pastella per fare i pancake.

Da dietro il ripiano arrivarono risatine e lei si guardò dietro le spalle.

«Sei buffa, mamma.» Noah stava sorridendo, con le ginocchia tirate fin sotto il mento. «Perché stai ballando?»

«Perché mangeremo pancake e Aretha sta cantando.» Sollevò il cucchiaio fino alla bocca come fosse un microfono e cantò in playback con il coro.

Noah balzò in piedi e agitò i suoi fianchi stretti salterellando intorno al soggiorno. «R, E, S, Peee, C, P» urlò.

Abby rise quando suo figlio macellò la parola. «Le mosse sono giuste, ometto. Aspetta che le ragazze vedano come balli bene. Non sapranno che cosa le ha colpite.»

Noah saltò sul divano e scosse i fianchi a ritmo di musica, scalciando come se stesse facendo una mossa di karate.

Ridendo, Abby si voltò e versò attentamente la pastella sulla piastra che aveva preriscaldato. Appoggiò la ciotola e si voltò giusto in tempo per il coro successivo, con un cucchiaio accanto alla bocca, gli occhi chiusi per dare enfasi.

Solo che quando aprì gli occhi, Noah non era da solo.

Hunt era dall'altra parte del ripiano, con le braccia incrociate e le gambe allargate. La guardava con un sopracciglio inarcato.

Noah era accanto a lui, nell'identica posizione. Solo che non riusciva a mantenersi serio.

Abby appoggiò il cucchiaio sul ripiano e si pulì in fretta e mani con uno strofinaccio. «Che ci fai qui?»

«Grande fan di Aretha, eh?» le chiese Hunt.

Noah si lasciò cadere a terra con un attacco di risatine.

Abby diede un'occhiataccia al figlio e poi tornò a guardare Hunt. «Entri sempre in casa della gente senza annunciarti?»

Hunt andò verso la porta d'ingresso e sembrò controllare la maniglia e la serratura. «Sono venuto per mettere una catenella alle porte, sia davanti sia sul retro. Ho notato che non c'erano l'ultima volta in cui sono stato qui.» Finì di ispezionarle e guardò indietro. «Ti suggerirei di cambiare la serratura, in modo che *certa gente* non possa entrare tutte le volte che ne ha voglia.» Le rivolse un'occhiata d'intesa.

Vivian, pensò Abby, ricordando di aver detto a Hunt che le aveva stupidamente dato la chiave di casa sua anni prima.

«Ma non credo che il tuo padrone di casa lo apprezzerebbe» disse Hunt, guardando verso il fornello. «Ho chiamato» disse, apparentemente distratto dal cibo. «E ho bussato. La tua performance deve aver coperto il rumore. Non controlli spesso il telefono, vero?»

Beccata.

«Inoltre,» disse, «quando Noah ha cominciato a urlare di PCP e droghe, ho pensato che sarebbe stato meglio che venissi a vedere se andava tutto bene. Tra parentesi, la tua porta era aperta.»

Abby fece una smorfia, irritata. «Prima di tutto, sono a casa. A volte non chiudo a chiave la porta durante il giorno. Secondo, Noah ha cinque anni. Non ha capito le parole. E, tornando allo scopo della tua visita, non posso installare una catena sulla porta. Il mio padrone di casa non lo apprezzerebbe, esattamente come cambiare le serrature.»

Hunt si grattò la guancia, con un velo di barba come se quella mattina fosse corso fuori di fretta e non si fosse preso il tempo di radersi. «Non è una cosa permanente. Probabilmente apprezzerebbe la sicurezza extra. Tutti vogliono che le loro proprietà siano protette.» Indicò col mento. «Che cosa stai cucinando? Sembrano pancake.»

«Perché *sono* pancake.» E parlando di quello, Abby li girò prima che bruciassero. Quando si voltò, Hunt si stava massaggiando lo stomaco.

«Non ho ancora fatto colazione.» Le rivolse il più triste sguardo da cucciolo che avesse mai visto. «Volevo sbrigare questa faccenda prima di andare a lavorare.»

«È il tentativo di autoinvitarsi per la colazione più patetico che abbia mai visto.»

«Ha funzionato?» Poi abbassò la voce. «Inoltre, sto facendo il mio dovere da *fidanzato* prendendomi cura della mia donna. Non puoi avere le porte poco sicure. Che uomo sarei se mettessi il cibo davanti alla sicurezza tua e di Noah?»

Abby sentì caldo allo stomaco. Accidenti, era bravo.

Ma non si trattava di quello. Era tutto per scena. Solo che Noah era un pubblico entusiasta dello scambio tra lei e Hunt.

«Che cos'è un fidanzato?» chiese Noah.

Se Abby voleva arrivare fino in fondo con il finto matrimonio, Noah avrebbe dovuto vedere spesso Hunt. Doveva sapere che Abby e Hunt era più che amici. Detestava mentire a suo figlio, ma non poteva dirgli la verità finché non avesse preso una decisione. A quell'età, Noah era completamente candido e totalmente incapace di mentire. Vivian avrebbe sentito la verità da Noah e il trucco sarebbe stato svelato.

«To lo spiegherò dopo» disse a Noah. Poi diede un'occhiata a Hunt. «Ti piacerebbe fare colazione con noi?»

Lui le rivolse un sorriso pieno di denti. «Solo se non ti è di disturbo.»

* * *

Dopo una colazione nella quale sia uomo sia bambino consumarono una quantità esagerata di pancake e bacon, Abby si alzò e mise i piatti nella lavastoviglie.

«Ho una proposta per te» disse Hunt e Abby alzò gli occhi. «Che ne dici se porto Noah con me in ferramenta a comprare le catenelle? Avresti un'ora o giù di lì tutta per te.»

Un'intera ora solo per sé? Certo, c'era il bucato da fare, ma comunque. Solo che non erano al Club dei Bambini. Era Hunt che portava suo figlio in auto per andare chissà dove. «Non lo so» disse e guardò Noah.

«Sì!» urlò Noah e corse nella sua stanza.

Hunt scoppiò a ridere. «Scusami, non avrei dovuto dirlo di fronte a lui. Puoi sempre tirarti indietro.»

Se stava pensando di sposare quell'uomo, avrebbe dovuto essere in grado di fidarsi di lui con suo figlio. Tecnicamente, Hunt passava più tempo di lei con Noah, per via del Club Tahoe, quindi era stupido fare cerimonie.

Noah tornò e si tolse il pigiama prima di mettersi i pantaloni e una t-shirt. Ovviamente la t-shirt era al contrario.

Abby chiuse gli occhi e si strinse la radice del naso. «Noah, ci si cambia in camera.»

«Hunt sta andando via», rispose Noah, «e io voglio andare con lui.»

Hunt alzò gli occhi, con una domanda sul volto.

Ecco sparito il suo tempo di qualità con suo figlio nel suo giorno di riposo. In effetti, non passava mai tempo da sola e le avrebbe fatto comodo. «Okay, ma puoi prendere la mia auto? Ha il seggiolino.»

Hunt guardò fuori dalla finestra e fece una smorfia. «No, no. Ci penso io.»

Abby si mise le mani sui fianchi. «Fiorellino non è abbastanza buona per te?»

«Fiorellino?»

«La mia auto è delicata. Il nome le si addice.»

Hunt ridacchiò. «Delicata, giusto. Temo che non arriverei in tempo al lavoro oggi, se tentassi di guidare Fiorellino fino al ferramenta e ritorno.»

Abby avrebbe voluto sentirsi insultata, ma non era una battuta, sarebbe potuto succedere. «Non puoi portare Noah senza un seggiolino.»

«Motivo per cui prenderò il tuo da Fiorellino e lo installerò sulla mia.»

«Sai come si fa?»

Hunt le rivolse un'occhiata incredula. «Ho una nipotina. So come si installa un seggiolino.»

«Interessante.» Ed *era* interessante pensare a Hunt che portava sua nipote in giro per la città. E anche maledettamente carino. «Beh, non è proprio un seggiolino, ma più un rialzo dato che adesso Noah è più grande. Dovrebbe essere facile installarlo.»

«Nessun problema.» Guardò nuovamente fuori dalla finestra. «Che ne dici se porto Noah nel parco dall'altra parte della strada? Se lo conosco bene...» Hunt ammiccò. «... il tuo ragazzo ha bisogno di fare qualche corsetta dopo aver mangiato tutti quei pancake.»

Era quasi come avere un babysitter. Hunt era bravo con i bambini. Veramente bravo. E prestava attenzione.

Guardò Noah, che saltava su e giù, tirando il braccio a Hunt. «Penso che voglia dire sì» gli disse.

«Torniamo tra qualche minuto.» Hunt uscì dalla porta con Noah.

Abby li guardò dalla finestra del soggiorno e vide Hunt che teneva la mano di Noah e guardava da entrambi i lati della strada prima di attraversare.

Perfino il padre di Noah non era stato così coscienzioso con il loro figlio. Abby non si era resa conto finché Trevor era morto di quante cose si era occupata per entrambi.

Qualunque cosa ci fosse tra lei e Hunt era temporanea. Non voleva abituarsi a essere aiutata perché le sarebbe miseramente mancato una volta sparito. Avrebbe dovuto cominciare a piegare la biancheria o finire di sistemare i piatti, ma non riusciva a togliere gli occhi di dosso a Hunt e Noah che giocavano nel parco.

Al momento, Noah era aggrappato a Hunt con le braccia e le gambe, a mo' di scimmia ragno mentre lui faceva le trazioni a una delle sbarre alte del parco giochi.

Noah non era leggero, pesava oltre venti chili e Hunt stava facendo le trazioni con il peso extra come se niente fosse. Come faceva?

I bicipiti di Hunt si gonfiavano ogni volta che si sollevava, con il corpo rigido e angolato in modo da tenere saldo Noah sul petto. Era ipnotico.

Finché Noah cominciò a scivolare.

Abby mugolò, portandosi una mano alla bocca.

Ma Hunt si lasciò cadere dolcemente al suolo, con il braccio che già teneva Noah al sicuro. Era perfettamente sotto controllo, quell'uomo forte con suo figlio.

Le si riempirono gli occhi di lacrime e le bruciò il naso. Non avrebbe pianto. Era ridicolo. Solo non aveva mai visto un uomo così attento e gentile con Noah. Trevor era stato un padre amorevole, ma aveva sempre messo al primo posto il tempo per sé. La nascita del figlio non aveva rallentato nemmeno un po' le avventure all'aria aperta di Trevor.

Noah corse allo scivolo e Noah lo seguì. Giocarono nel parco ancora per qualche minuto, con Hunt che spingeva Noah sull'altalena o l'afferrava quando si buttava dalla cima del castello del parco giochi. E poi li vide che tornavano in casa.

Abby tirò forte il fiato e si affrettò a prendere un fazzolettino per soffiarsi il naso. Prese in fretta il cesto del bucato e cominciò a piegare gli indumenti. Sorrise quando entrarono. «Com'è andata?»

«Bello!» esclamò Noah.

Hunt non era nemmeno sudato; quando passò accanto per andare in cucina a lei sentì il profumo pulito del suo sapone. «Ti dispiace se prendo le chiavi della tua auto? Installerò il rialzo e poi ce ne andremo.»

«Certo.» Abby andò dall'altra parte della stanza e frugò nella borsa per prendere le chiavi, poi le passò a Hunt.

«Grazie, tornerò tra un attimo.»

Abby guardò Noah. «Usa il bagno prima di andare, okay?»

Noah corse in bagno, fece il necessario, si buttò un po' d'acqua sulle mani per meno di mezzo secondo e corse indietro.

Non aveva mai visto suo figlio così eccitato alla prospettiva di passare del tempo con qualcuno. Lei aveva un legame speciale con Noah, ma chiaramente nella sua vita gli mancava un uomo.

Hunt tornò e Noah stava già passandole accanto correndo per andare a sedersi sul seggiolino nella nuova e scintillante Range Rover.

Ovvio che Hunt non volesse guidare Fiorellino quando

aveva *quella* bellezza. Non che Fiorellino non fosse carina. Era solo... speciale.

Okay, la sua auto faceva schifo.

«Mi chiamerai se avrai bisogno di qualcosa?»

Hunt le rivolse un'occhiata d'intesa. «Andrà tutto bene. Goditi il tuo tempo libero. E cerca di non passarlo tutto con le faccende. Se torniamo e quei piatti saranno spariti dal lavandino, non ne sarò contento» disse facendole l'occhiolino.

«Hunt» disse Abby. Aveva già preso la sua decisione. In qualche momento tra le trazioni e lo scivolo. «La risposta è sì. Alla tua domanda. Ti... sposerò» disse a bassa voce anche se Noah non era a portata d'orecchi.

Hunt sbatté gli occhi e poi sul volto si allargò un lento sorriso. «Funzionerà, vedrai.» Prima che Abby potesse riprendere il controllo, Hunt uscì e si diresse alla sua auto.

Abby crollò sul divano, tremando. «Porca paletta.»

Aveva veramente accettato la sua proposta? E se il matrimonio era solo di nome, come avrebbe combattuto l'attrazione che provava per quell'uomo quando sarebbe stato in casa sua?

Capitolo Sedici

«Ti sposi? Intendo dire *sposato*, sposato?» Levi fece un tiro di prova usando la sua mazza da golf come fosse una mazza da baseball, pronto a lanciare la pallina nello spazio esterno. Emily pensava che il suo uomo avesse un cuore tenero, ma Hunt non vedeva mai quel lato di Levi. Era tutto forza bruta.

Hunt aggrottò le sopracciglia e appoggiò la sua borsa da golf. «C'è qualche altra forma di matrimonio di cui non sono al corrente?»

Levi guardò i suoi fratelli che aspettavano intorno al primo tee, tutti con la stessa espressione di incredulità. Appoggiò la testa del suo driver sul supporto e si appoggiò sul manico. «Solo tu potevi fare le cose al contrario. Non è un gioco, Hunt. Parliamo di una madre single e di suo figlio di cui saresti responsabile.»

Hunt alzò gli occhi e lasciò uscire lentamente il fiato. «Lo so bene. Non sono un diciottenne impulsivo.»

Levi tagliò l'aria con la mano. «Giochi sempre con i bambini al club...»

«Perché è il mio lavoro! Dovresti provarlo qualche volta, è catartico.»

«... e sei fuori quasi ogni sera, cercando qualcuna da rimorchiare.»

Non ho bisogno di cercare, pensò Hunt ma non lo disse. «Sono in grado di prendere un impegno.»

«Oh, davvero?» disse Levi, rivolgendosi ancora ai suoi fratelli per avere il loro sostegno. *Maledizione.*

Okay, Hunt non si era impegnato con nessuna dopo il disastro con Lisa quasi dieci anni prima, ma comunque... «Non ho bisogno di farlo. Serve solo per passare il tempo.»

Wes fece saltellare Harlow nella BabyBjörn per la quale era oramai quasi troppo cresciuta. Ma non potevano ovviamente lasciarla libera sul campo. Scappava. «Non c'è ragione di credere che Hunt farà casino questa volta» disse Wes.

«Grazie.» Hunt sbuffò. Nessuno aveva fiducia in lui?

«No, davvero» continuò Wes, facendo un tiro di prova con una mano sola. Non poteva farlo con due mani mentre si occupava di Harlow. «Sei meraviglioso con i bambini al club. Kaylee lo dice sempre.»

Levi diede un'occhiataccia a Wes. «E questo dovrebbe trasformarlo in un padre di famiglia?»

Wes fece spallucce, poi si abbassò quando qualcuno urlò "Fore" da un chilometro di distanza.

Hunt alzò gli occhi, ma la palla non cadde nemmeno vicino a loro.

Accucciato per proteggere Harlow, che già portava un caschetto da golf progettato per i bambini, Wes disse: «Nessuno di noi è stato cresciuto per diventare un padre di famiglia. Non significa che non possiamo imparare». Wes indicò se stesso.

Vero, Wes aveva stupito tutti con le sue capacità

paterne. E non potevano nemmeno biasimarlo perché era iperprotettivo con Harlow perché tutti loro si comportavano in quel modo con lei.

Harlow agitò la sua mazza da golf di plastica, colpendo suo padre sulla testa.

«Bel lavoro, Harlow» le disse Wes e la baciò sulla guancia.

Bran si avvicinò al tee e fece un tiro di prova. «Nonostante mi piacciano queste discussioni familiari, devo tornare ai ristoranti. Se vogliamo giocare, giochiamo.» Lanciò un'occhiata a Levi. «Non puoi decidere tu chi sposerà Hunt.»

L'unico fratello che mancava alla discussione era Adam e solo perché era in ritardo.

L'espressione di Levi non cambiò. *Merda.* A Hunt non piacque ciò che disse poi suo fratello. «Sei il più incasinato di tutti noi. Forse è perché non hai mai conosciuto la mamma. Non hai mai avuto un'influenza materna nella tua vita. Non so perché sei come sei, ma non voglio vederti ferire quella donna e il suo bambino.»

Hunt sentì il sangue scorrere forte nelle vene e le tempie che pulsavano. «Non farò *mai* del male a Noah e Abby. Lo faccio per loro, idiota. E se io ne ho subito le conseguenze, lo stesso vale anche tutti voi. Abbiamo tutti perso mamma e papà quando lei è morta.»

Hunt si passò una mano ruvida sulla faccia. Sapeva di che cosa si trattava. Aveva sempre saputo che cosa pensava Levi. Non che suo fratello lo nascondesse. «Ammettilo e basta. Non ti fidi di me.»

Nessuna risposta.

«Fottiti, Levi.» Hunt afferrò le sue mazze e si precipitò via dal campo, lasciando i suoi fratelli con la bocca aperta.

Non aveva mai mostrato a suo fratello quanto lo ferissero le sue stronzate. Okay, quasi mai. Ma adesso era diverso. Hunt non era mai stato serio come quando si trattava di Noah e Abby. E non sapeva come spiegare i suoi sentimenti ai suoi fratelli, o a se stesso, in effetti. Sentiva solo l'irresistibile istinto di proteggerli. Purché Abby lo volesse, era ciò che avrebbe fatto.

Hunt pensò che se fosse riuscito a ottenere il sostegno di Levi, gli altri fratelli lo avrebbero imitato quando avesse annunciato il suo improvviso fidanzamento. La conversazione non era andata come aveva programmato. Nessuno di loro lo aveva sostenuto, forse con l'eccezione di Wes, che era il tipo di padre che nessuno di loro si sarebbe aspettato.

Ma Hunt non aveva bisogno dei suoi fratelli. Se fosse stato costretto, avrebbe sposato Abby in tribunale, senza nessuno di loro. Comunque la cosa non riguardava loro. Hunt avrebbe tenuto al sicuro Noah e Abby, fosse l'ultima cosa che faceva.

* * *

Una settimana dopo, Hunt era nella piccola, rustica cappella di Fallen Lake Leaf insieme ad Abby. Un amico nel centro commerciale sul lago gli aveva fatto trovare posto nella cappella nonostante il breve preavviso. Per l'occasione, Hunt indossava un completo nuovo. Avrebbe potuto indossarne uno che aveva già, ma gli era sembrato giusto comprare vestiti nuovi per il giorno delle sue nozze. Visti i suoi trascorsi, quello sarebbe probabilmente stato l'unico.

Qualche giorno prima, Abby aveva detto a Noah che lei e Hunt si sarebbero sposati e il piccolo gli era rimasto appiccicato al fianco per il resto della settimana tutte le volte in cui Hunt lavorava al Club dei Bambini.

Hunt sorrise. Il matrimonio con Abby era temporaneo.

Sarebbe durato abbastanza a lungo per proteggere Noah e Abby dai genitori di Trevor e fornire loro una casa stabile. Ma ci sarebbe voluto tempo, no? Non potevano mostrare un fronte unito solo per un paio di mesi; non ci avrebbero mai creduto.

Hunt rilassò le spalle e guardò la donna al suo braccio sinistro. Abby indossava un abitino estivo bianco, lungo fino alla caviglia, i capelli erano raccolti con qualche ricciolo che le scendeva in uno studiato disordine intorno alla fronte e sul collo. Se Hunt avesse potuto immaginare la sposa perfetta, non sarebbe riuscito a pensare a qualcuno di migliore di Abby. Più tempo passava con lei, più diventava bella ai suoi occhi.

Un piccolo urto da dietro e una manina sudata afferrò la sua destra.

Hunt sorrise a Noah che doveva essersi annoiato a stare al suo posto di testimone e aveva deciso di unirsi alla festa.

Noah indossava un completo come quello di Hunt. Non poteva permettere al bambino di indossare i jeans al matrimonio di sua madre, no? Abby era rimasta sorpresa quando Hunt aveva suggerito di comprare a Noah un completo per il matrimonio, ma aveva sorriso timidamente e lo aveva permesso.

Il resto della settimana, Hunt era stato occupato a parlare con gli avvocati e a organizzare il matrimonio. Abby era stata più che felice di lasciare a lui i particolari. Lei doveva lavorare e gli orari di Hunt erano più flessibili. Cioè, poteva obbligare i suoi fratelli a coprirlo quando aveva un appuntamento.

Gli avvocati che lui e i suoi fratelli avevano assunto un paio di anni prima, quando avevano preso la direzione del Club Tahoe, avevano dato a Hunt il nome del migliore avvocato specializzato in diritto di famiglia in città. La donna si stava già preparando per la battaglia sulla custodia, se mai si fosse arrivati a quello con i nonni di Noah.

Hunt non poteva permettere che Abby e Noah restassero in sospeso da soli senza la sua protezione. Più aspettava, più i nonni di Noah lo innervosivano. Avevano già portato via Noah da Abby una volta e che cosa impediva loro di riprovarci? Quindi Hunt non aveva perso tempo a organizzare il matrimonio. Ma adesso che era lì, l'enormità delle sue azioni gli stava facendo girare la testa.

«Vi dichiaro marito e moglie» disse il celebrante, obbligando Hunt a riportare l'attenzione al presente.

Era *sposato*. Con Abby.

In qualche modo, ciò che aveva evitato così a lungo, il matrimonio e l'impegno, non erano per niente dolorosi. Sembravano quasi giusti.

Huh.

Guardò la bella donna al suo fianco.

«Bacia la sposa!» disse Noah, saltellando su e giù.

Hunt guardò in fondo alla cappella. Nonostante tutte le sue rimostranze, Levi si era fatto vivo con Emily insieme al resto dei suoi fratelli e alcuni dei loro amici, inclusi Jaeger e Cali. Jaeger era uno dei migliori amici di Adam e Hunt lo conosceva sin dai tempi di scuola. La cappella conteneva abbastanza testimoni da rendere reale il matrimonio.

Perché il matrimonio era reale. *Ma non reale.*

Abby lo stava osservando, mordicchiandosi l'angolo della bocca, senza guardarlo esattamente negli occhi.

Era un matrimonio reale, anche se lui e Abby sapevano che era solo temporaneo. E nei matrimoni veri, lo sposo baciava la sposa. Immaginava come sarebbero state le labbra di Abby fin dal giorno in cui l'aveva conosciuta. Chi era lui per lasciarsi scappare quell'occasione?

Hunt si chinò e toccò Abby sotto la mandibola. Premette la bocca sulla sua.

Dovunque la loro pelle si toccasse partivano scariche elettriche. Hunt sentì il caldo invaderlo, fino in fondo. Si soffermò, distratto, mentre assaggiava la sua bocca, dimentico di tutto tranne che della sensazione delle labbra di Abby contro le sue, la pelle morbida... e sentì la risatina di Noah.

Hunt alzò la testa e guardò Abby negli occhi. Aveva le palpebre semichiuse, le pupille dilatate.

Maledizione. Era grave.

Era sposato e desiderava la sua finta moglie con ogni fibra del suo corpo.

Capitolo Diciassette

Dopo la cerimonia, il corteo nuziale si trasferì a casa di Wes e Kaylee dove Wes aveva organizzato un piccolo ricevimento. I suoi fratelli avevano capito che Hunt voleva proteggere Abby e Noah, ma non sapevano che il matrimonio era una farsa e Hunt non aveva intenzione di informarli. Ammettere che aveva sposato una donna che non amava avrebbe solo dimostrato che Levi aveva ragione e che Hunt era avventato e se i nonni di Noah l'avessero scoperto sarebbero finiti nei guai. Il matrimonio doveva apparire reale.

Kaylee attraversò la stanza, e Harlow non si vedeva. Non con questa folla con tutti i quattro zii e i loro migliori amici pronti ad afferrarla. Era un evento "passa la bambina". Qualcuno avrebbe seriamente dovuto avere un altro bambino altrimenti Harlow sarebbe cresciuta come la bimba più viziata del pianeta.

Kaylee prese la mano di Abby e guardò Hunt. «Ne ho già parlato con Abby. Noah resterà con me e Wes questa sera in modo che voi due possiate avere una notte di nozze come si deve.»

Hunt guardò Abby che aveva sul volto un sorriso rigido, innaturale. *Perfetto.*

«Non è necessario» disse.

«È già tutto organizzato.» Kaylee guardò indietro, dove i bambini stavano giocando. Harlow strisciava sopra Noah e lui rideva forte alle mosse aggressive della bambina. «I bambini vanno d'accordissimo e ci piacerebbe veramente farlo per voi.»

Hunt inarcò un sopracciglio guardando Abby. *Decidi tu.*

Abby sospirò e le spalle si rilassarono. Il suo sorriso forzato divenne sincero. «Ci piacerebbe. Grazie di nuovo per l'offerta. Noah ti conosce già dal Club dei Bambini, quindi è perfetto.»

Kaylee sorrise felice. «Allora è tutto sistemato.» Strinse la mano di Abby e andò dove c'era Wes con Bran e Ireland.

Hunt si chinò. «Sei sicura?» disse parlando senza muovere le labbra mentre faceva un cenno di saluto a Cali, la moglie di Jaeger, che agitava maliziosamente le sopracciglia rivolta ad Abby e le rivolgeva occhiate complici.

«È quello che la gente si aspetta» sussurrò Abby. «Vivremo insieme, no? Perché non credo che potrei spiegare ai nonni di Noah perché mi sono sposata ma non vivo con mio marito.»

Vivere insieme gli era passato per la testa, ma con tutti i preparativi quella settimana non era stata una priorità tra le cose da discutere con Abby. «Certo che vivremo insieme» disse sicuro di sé, poi esitò. «Dove vuoi vivere?»

«Penso che sia meglio se viviamo a casa mia. È piccola, lo so, ma non voglio sconvolgere la vita di Noah più di quanto abbia già fatto con il matrimonio. A te va bene?»

Hunt pensò alla disposizione del cottage di Abby. «C'è una sola camera, no?»

«Due, ma la stanza di Noah è poco più di uno sgabuzzino.»

«Quindi condivideremo una stanza» disse Hunt e studiò la sua reazione.

Abby deglutì. «S-sì. Se ti sta bene. Posso dormire su una branda e riporla quando si sveglia Noah.»

Lui avrebbe preferito *condividere* un letto. Poteva tenere le mani a posto.

Okay, era una bugia. No, non sarebbe riuscito a tenere le mani a posto. Non con il profumo leggero e femminile e il corpo sexy di Abby accanto a lui. Avrebbe tentato di sedurla. «Io dormirò sul pavimento. Tu dormirai sul letto.» Il suo tono era deciso. Non avrebbe assolutamente permesso a sua moglie di dormire su una branda.

Un'ora dopo, Abby stava salutando Noah con un bacio e Hunt era con i suoi fratelli.

«Non fare niente che non farei io» disse Wes, ammiccando tre volte.

«Hai i preservativi?» chiese Bran. «Non c'è niente di peggio di un figlio non programmato, concepito in luna di miele.»

Tipico, detto da Bran, il più cauto dei fratelli di Hunt.

«Non è il mio primo rodeo» disse a Bran. «Sono coperto.»

Non che *avesse bisogno* di coprire qualcosa. Gli sarebbe piaciuto dover coprire qualcosa perché sua moglie, sì *moglie*, aveva un aspetto fantastico e sentiva disperatamente il bisogno di stare accanto a lei. Perché ci stava mettendo tanto?

Proprio in quel momento si avvicinò Adam. «Questa è per te e Abby, con gli omaggi del Blue Casinò.» Porse a Hunt una bottiglia. «Sentiti libero di aprirla questa sera. Mi sembri un po' nervoso.»

Hunt guardò la bottiglia di Dom Pérignon. Nervoso? Accidenti se era nervoso. Avrebbe dovuto tenere le mani lontano dalla sua bella moglie per una sera intera, senza nemmeno la benedetta distrazione di Noah. Hunt si sforzò di ridere e ringraziò Adam...

Levi gli puntò il dito addosso. «Ricorda quello che ti ho detto.»

Bran, Adam e Wes sospirarono all'unisono.

«Levi,» disse Wes, «dagli tregua.»

Levi si irritò, ma scosse le spalle e lasciò uscire il fiato. «Ecco.» Ficcò una scatola contro il petto di Hunt. «È da parte di Emily.» Tossì. «Per la vostra prima notte di nozze.» Era il suono di Levi che digrignava i denti? «Sono candele profumate e altre cosucce che Emily pensava potessero piacervi.»

Sentire le parole "candele profumate" uscire dalla bocca di Levi era già un regalo.

«Grazie» disse Hunt cercando di non di ridere davanti al suo burbero fratello maggiore. Probabilmente, col tempo, Emily sarebbe veramente riuscita a civilizzare Levi.

Champagne sotto un braccio, candele profumate in mano, Hunt fece il giro e salutò famiglia e fratelli. All'apparenza, era un uomo che non vedeva l'ora di restare da solo con la sua sposa. Dentro di sé, era un uomo che desiderava restare da solo con la sua sposa, ma non aveva effettivamente il permesso di toccarla.

Che tempi!

Hunt andò a recuperare Abby, che non riusciva a staccarsi da Noah, e Kaylee gli afferrò il braccio, tirandolo da parte. «Non so che cosa ci sia sotto questo matrimonio lampo, ma cerca di farlo funzionare. Abby mi piace veramente e penso che sarà perfetta per te.»

Hunt restò immobile per mezzo secondo. Finché

ricordò che nessuno sapeva che cosa avevano concordato lui e Abby. «L'ho sposata, Kaylee. Mi prenderò cura di lei.» E quella era la verità, anche se il matrimonio era finto.

«Non è quello. Abby ha grossi problemi in ballo; lo sappiamo tutti al Club dei Bambini. C'è qualcosa con i nonni...» Scosse la testa. «Non so che cosa sto dicendo. Cerca di non fare casino, okay?»

Hunt si chinò e baciò Kaylee sulla guancia, cosa che gli valse un forte urlo da parte di Wes. «Giù le mani dalla bruna!» disse Wes.

«Ho tutto sotto controllo» disse Hunt a Kaylee e sorrise. Ma continuava a sentire una morsa intorno al petto. Stava facendo promesse che non era sicuro di riuscire a mantenere.

Andò da Abby e Noah e arruffò i capelli del ragazzino. «Fai il bravo stanotte, okay? Se hai bisogno di qualcosa, chiedi a Kaylee di chiamarci.»

«Ciao, mamma. Ciao Hunt.» Noah corse dove stava giocando con Adam, Harlow e una pila di blocchi di gommapiuma.

Abby alzò gli occhi, divertita. «Sembra che non abbia bisogno di noi.»

Hunt le afferrò la mano. «Immagino di no. Pronta ad andare?»

Lei annuì e Hunt le fece segno di precederlo.

Abby uscì dall'ingresso principale e lo sguardo di Hunt si attardò sul sedere perfetto e le spalle lasciate nude dall'a-bitino. Era un uomo, gli piacevano le belle donne. Ma, fondamentalmente, era attratto da Abby e quello era il problema più grosso.

Sospirò e la seguì di fuori.

Sarebbe stata una lunga notte.

Capitolo Diciotto

Appena tornati a casa, Abby si tolse le scarpe coi tacchi e cominciò a riporre vestiti e piatti che non aveva avuto il tempo di mettere in ordine prima di affrettarsi ad andare alla cappella.

Era sposata.

Abby era stata innamorata, aveva avuto un figlio, ma non era mai stata sposata. E adesso aveva sposato Hunt Cade, un uomo che non l'amava.

Ma sapeva di piacergli. Lo sentiva ogni volta in cui la guardava. E lui piaceva a lei.

Abby studiò Hunt mente si toglieva la giacca del completo, le sue braccia forti e lo stomaco piatto definito sotto il tessuto sottile della camicia.

Si schiarì la voce e aprì il frigorifero. «Hai fame?»

Hunt rise. «Tu sì? I miei fratelli hanno fornito cibo per cinquanta persone invece di venti. Detesto veder sprecato il cibo, quindi ho mangiato più della mia parte.» Si batté lo stomaco piatto. «Non credo che ci starebbe altro qui dentro.»

Abby chiuse il frigorifero e si voltò. Nemmeno lei aveva fame, ma che cosa avrebbero fatto per tutta la sera?

Doveva tenersi occupata altrimenti la mente avrebbe vagato verso l'uomo attraente che ora chiamava marito. E quello l'avrebbe fatta pensare ad altre cose.

Erano anni da che non stava con un uomo. Triste ma vero. Non che avesse tempo per le relazioni. Ma adesso ne aveva una. Solo che non poteva fare sesso con Hunt. Avrebbe complicato enormemente la situazione. Purché tutto restasse platonico, tutto sarebbe andato bene tra lei e Hunt. Almeno era quello che diceva a se stessa. «Vuoi guardare un film?»

Hunt strinse gli occhi e Abby ebbe l'impressione che le leggesse nei pensieri.

Hunt sollevò dal tavolino la bottiglia che gli aveva visto portare in casa. «Ho un'idea migliore. Perché non apriamo lo champagne che ci hanno regalano Adam e Hayden per fare un brindisi al nostro futuro?»

Abby si strinse le mani. Alcol e frustrazione sessuale non erano una bella combinazione, ma forse avrebbero potuto affrontare un altro problema. «Certo, ci darà la possibilità di parlare di come far apparire reale un matrimonio senza piccole orecchie in giro.» Tra i loro orari di lavoro e suo figlio, non avevano avuto il tempo per discutere delle specifiche della loro nuova realtà dopo il matrimonio.

Hunt fece saltare il tappo e versò il liquido ambrato in due bicchieri da champagne spaiati che Abby aveva trovato in fondo a un armadietto. «L'unico modo di farlo apparire reale è comportarci come se lo fosse.» Alzò il bicchiere e lo fece tintinnare contro il suo.

Abby sorseggiò il liquido acidulo, con la lingua che pizzicava. «Che cosa intendi dire "comportarci come se lo fosse"?»

Hunt si sedette su una delle due sedie. Avrebbero dovuto comprare una sedia pieghevole se volevano mangiare tutti insieme. «Ci comportiamo come una coppia sposata, come abbiamo programmato, e ci dimostriamo affettuosi.»

«Affettuosi?» Era passato tanto tempo ed era affamata d'affetto, ma... «Non confonderà le cose?»

Hunt appoggiò il bicchiere. «Abby, se vogliamo avere una speranza di mostrare un fronte unito e fornire un ambiente stabile per Noah, dobbiamo apparire come una coppia felicemente sposata.»

Abby si morse il labbro. «Ma... Com'è?»

Hunt rise. «E che ne so. Non ho mai avuto un matrimonio felice. E tu?»

«I miei genitori sono ancora sposati, ma non si piacciono.»

Hunt annuì pensieroso. «Quindi navighiamo entrambi nel buio. Beh, dovremo semplicemente fare del nostro meglio. Perché non cominciamo a conoscerci un po' meglio?»

«Non è quello che stiamo facendo?»

«Non ancora, ma ci arriveremo.»

E perché quell'idea le mandava i brividi lungo le braccia?

«Hai mai sentito parlare del gioco "Non ho mai"?» le chiese Hunt.

«Non è quello che fanno a *Ellen*?»

«Il talk show? Forse, ma penso che sia nato nei campus universitari.» Gli scintillarono gli occhi mentre beveva un sorso di champagne.

«Non ho finito l'università. Ed ero con Trevor mentre la frequentavo, quindi non partecipavo a molte feste.»

«Capito.» Hunt sorrise. «Ho appena imparato qualcosa

di te. E, per la cronaca, io non sono mai andato al college. Ho fatto domanda in alcuni posti ma alla fine ho deciso di gestire la mia impresa di crociere in barca. I profitti erano troppo buoni per trascurarli.» Alla sua occhiata interrogativa, Hunt si strofinò il mento. «Ho smesso di chiedere soldi a mio padre prima di finire le superiori. Ero troppo cocciuto per chiedergli di aiutarmi col college.»

Abby restò a bocca aperta. «La tua famiglia possiede il Club Tahoe e siete ricchi da fare schifo, eppure tu hai rinunciato ai soldi di famiglia... per gestire crociere in barca?»

«Vuoi ancora essere sposata con me?»

Era un uomo complicato, quel suo recentissimo marito. E diabolicamente attraente quando la guardava in quel modo, con quel sorriso sghembo. «Sì.» E non solo perché poteva aiutarla con Noah. Hunt era facile da avere intorno. E gentile. Sinceramente, l'idea di essere sposata a lui era un po' troppo eccitante per il cuore tenero di Abby.

Meglio non dirlo, altrimenti *lui* avrebbe potuto cambiare idea.

«Bene» disse Hunt. «Perché non credo che ti lascerò andare adesso che ti ho trovata.»

La stava uccidendo. Come avrebbe fatto a resistere a quell'uomo?

«Per spiegare un po' meglio la situazione, i miei fratelli e io odiavamo il Club Tahoe. Non abbiamo mai voluto averci niente a che fare.»

Abby quasi si soffocò con il sorso di champagne, che era sorprendentemente buono, considerato che lei non era un tipo da bollicine, a meno che contenessero caffeina. «Lo odiavate? Ma è vostro. Lavori lì.»

«Forse la parola *odio* è troppo forte. Il club era il simbolo del fatto che nostro padre ci aveva trascurato a favore del lavoro. Del Club Tahoe. Ma abbiamo apportato dei cambiamenti. L'abbiamo reso nostro.» Scosse la testa. «Non so. Non ci ho mai pensato dopo la morte di mio padre. I miei fratelli e io semplicemente sapevamo che non potevamo lasciare andare in rovina il club dopo la sua morte. Il Club Tahoe dà lavoro a centinaia di persone in questa zona. Non ci sembrava giusto rovinare un buon impiego per gli altri... È complicato» disse aggrottando la fronte.

Ad Abby non piaceva l'espressione sul suo volto. Hunt non era un tipo malinconico e avrebbe voluto far sparire a baci quella smorfia. Ed era una strada pericolosa che era meglio non imboccare.

«Beh, il *mio* passato è semplice» disse Abby per alleggerire l'atmosfera, dato che i baci non erano un'alternativa possibile. «Sono cresciuta povera e vivevo in una cittadina del Midwest in una casa minuscola che i miei genitori avevano in affitto da quando mi ricordo. Mi sono trasferita a Tahoe quando un'amica ha detto che si potevano fare bei soldi lavorando nei casinò. A casa l'università più vicina era a oltre tre ore di distanza. A Tahoe potevo lavorare nei casinò durante l'alta stagione e frequentare il college pubblico oppure andare a Reno, se badavo a risparmiare. Ma dopo il primo anno, ho incontrato Trevor. Sono rimasta incinta.» Fece spallucce. «Il resto è storia.»

L'espressione di Hunt si addolcì, ma non sembrava ancora felice. «Mi dispiace che le cose siano state così difficili per te, Abby.»

Abby non voleva la sua pietà. Non era il motivo per cui gli aveva parlato del suo passato. Voleva distrarlo dalle cose che lo stavano intristendo. E voleva che sapesse da dove veniva, senza segreti.

«Come funziona il gioco "Non ho mai"?» disse Abby, cambiando argomento.

Gli occhi di Hunt si illuminarono. «Così va bene! È veramente semplice.»

Era facile accontentare Hunt. Mentre Trevor poteva essere egoista ed esigente, Hunt era generoso e solidale. Era profondo, anche se non lo dimostrava spesso, come quando parlava di suo padre e dei suoi fratelli e le rendeva estremamente difficile vederlo solo come un tizio attraente e ricco.

«Io dico "Non ho mai" e faccio seguire qualcosa che non ho mai fatto» disse. «Ad esempio: "Non ho mai camminato su una fune". Se tu invece hai camminato su una fune, bevi un sorso. Se non l'hai fatto non fai niente.»

«Quindi praticamente è un gioco per bere.»

«Beh, sì. Ma magari non con lo champagne.» Hunt si alzò e ispezionò il frigorifero e gli armadietti. Sembrava decisamente a casa e incredibilmente grande nella sua minuscola cucina. Prese del succo d'arancia e una bottiglia di vodka vecchia di cinque anni. «Li farò leggeri» disse e ammiccò.

«Meglio, a meno che tu voglia che mi inginocchi davanti al dio WC.»

Hunt rise e le passò un altro bicchiere. «Cominceremo adagio.» Strinse gli occhi fissandola. «Non ho mai... vissuto con una donna.»

«Wow, partenza col botto» disse Abby e sorrise e bevve un sorso.

«Nel tuo caso è "vissuto con un uomo", non un ragazzino» le disse.

Abby bevve un altro sorso. «Ho vissuto con Trevor.»

Hunt annuì. «Avete avuto un figlio insieme, è ragionevole pensare che abbiate vissuto insieme.»

«Ma io sono la prima donna con cui vivi?» Sembrava difficile credere che nessuna donna fosse mai riuscita ad accaparrarsi Hunt.

«Sì» rispose Hunt, con la fronte aggrottata. «Adesso che ci penso, anche Noah è il primo bambino con cui vivo.»

«Wow, ti stiamo veramente facendo buttare a capofitto. Pensi che andrai fuori di testa alla vista dei miei tamponi?»

Hunt si soffocò con il suo drink. «Uhm, no. Conosco bene il corpo femminile e tutte le sue complessità. Probabilmente è più familiare a me che a te.» Aveva gli occhi che scintillavano, il demonio.

Abby sentì il volto che si scaldava. «Ne dubito e adesso è il mio turno. Non sono mai andata in barca.»

Hunt bevve in fretta un sorso e poi appoggiò il bicchiere con un forte tonfo. «*Mai!*»

Abby scosse la testa.

«Ma com'è possibile? Vivi a Lago Tahoe almeno da quando è nato Noah, quindi cinque, sei anni.»

«Non lo so. Crescendo, non vivevo accanto all'acqua. Poi mi sono trasferita qua e ho incontrato Trevor poco dopo. Vivevamo in una bella casa e mi portava in posti carini, ma non sono mai stata su una barca. Ho sempre desiderato fare una gita sul lago. Non so perché non l'abbia mai fatto. Immagino che la gravidanza e crescere un bambino abbiano messo quel sogno in secondo piano.»

Hunt grugnì. «Bene, cambierà. Sarai su una delle mie barche prima che finisca la settimana.»

«Non l'ho detto per farti sentire in colpa. È solo una cosa che sapevo ti avrebbe fatto sicuramente bere» disse sorridendo maliziosamente.

Hunt spalancò gli occhi. «Impari presto, giovane Jedi.»

Abby rise e il gioco continuò. Abby gli disse a che età aveva ricevuto il primo bacio, dodici anni ed era stato orribile, e qualche posto in cui non aveva mai fatto sesso. Hunt, ovviamente, bevette per ognuno dei posti che aveva menzionato, il ragazzaccio. E poi lui buttò lì una cosa che pochi sapevano di lei.

«Non ho mai cavalcato un toro» disse Hunt.

Abby bevve un sorso.

Hunt appoggiò il proprio bicchiere, con lo sguardo diventato di colpo acuto mentre lei si faceva piccola sulla sedia. «Oh, questa me la devi proprio raccontare.»

«Tecnicamente non era un vero toro. Era un toro meccanico e me l'ha fatto fare la mia amica.»

«Le ultime parole famose, signora Cade.»

Abby sbatté le palpebre. «Avevo dimenticato che il mio nome sarebbe cambiato.»

«Solo se lo vorrai. Adesso finisci la storia della cavalcata sul toro.»

Abby si schiarì la voce, aggrappandosi al gioco e non all'idea del suo nome da sposata. «Durante il viaggio verso la California mi sono fermata a casa di un'amica, in Texas. Lei aveva un bar dove le piaceva andare e c'era quel coso da cavalcare.»

Hunt rise. «Sei caduta immediatamente?»

Lei gli rivolse un'occhiata feroce. «No. *Signor Cade*. Ho cavalcato quel toro, bene e a lungo.»

Hunt deglutì, bevve un sorso del suo drink e poi si dimenò sulla sedia. «Allora cosa. Hai visto la gara?»

«Vorresti vedere la mia medaglia?»

Hunt sgranò gli occhi. «Mi stai prendendo per il culo.»

«No.»

«Accidenti.» Si appoggiò allo schienale e si strofinò la bocca. «Sono impressionato.»

Abby sbadigliò, nonostante l'immagine sexy che dava Hunt. Quando si era toccato la bocca aveva pensato alle labbra che toccavano le sue come avevano fatto in cappella. E non era stato un bacio breve. Hunt si era attardato e aveva smosso giù in basso cose che dormivano da anni. Ma erano passate le due del mattino e lei era esausta dopo quella giornata. Ed era la sua notte di nozze...

«Stanca?» chiese Hunt.

«Un po', e tu?»

«Dormirei volentieri. Ti dispiace se faccio una doccia veloce?»

«Fai pure. Gli asciugamani sono nell'armadio in corridoio.» Abby tornò al lavandino dove si mise a spostare i piatti, distratta. *Hunt, nudo, nella doccia...*

Tieni la testa a posto!

Mentre Hunt usava il bagno, Abby ritirò in fretta i piatti e si infilò un pigiama corto e una t-shirt. Fissò il letto che sembrava occupare tutta la piccola stanza.

«Io dormirò sul pavimento» disse Hunt, che la sorprese arrivandole alle spalle e facendola sobbalzare.

«Oh» rispose Abby. «Non c'è bisogno che dorma sul pavimento. Ho una branda.»

«No» disse lui e afferrò una coperta da una sedia nell'angolo. La sollevò. «Ti dispiace?»

«No, ma sei sicuro che starai comodo?» Abby si mordicchiò il labbro mentre lui appoggiava la coperta ripiegata sul pavimento.

«Perfettamente» rispose Hunt sdraiandosi e infilando il braccio dietro la testa, con il bicipite che si gonfiava.

Abby distolse in fretta gli occhi. Era tutto troppo intimo. *Troppo intimo!*

Si affrettò ad andare all'armadio, prese un cuscino e lo infilò in una federa pulita.

Gli passò il cuscino e lo guardò preoccupata. «Non mi piace vederti dormire sul pavimento. Che ne dici del divano?»

Hunt scosse la testa. «Dobbiamo abituarci a dormire

nella stessa stanza. Senza Noah attorno, è l'occasione perfetta per prendere confidenza.»

Abby aveva la sensazione che Hunt fosse già a suo agio con l'idea di dormire nella sua stanza e che fosse tutto per il suo bene. «Ha senso.»

Tirò indietro le coperte e si mise a letto, cercando di non guardare l'uomo attraente sul pavimento. «Buona notte.»

Uno sbadiglio virile si alzò dal lato del letto. «Notte, moglie.»

Capitolo Diciannove

bby si svegliò in un bozzolo caldo. Sorrise, agitò le dita dei piedi e poi si bloccò di colpo. Spalancò gli occhi.

Hunt era a letto con lei.

Ricordava vagamente di averlo visto ritornare dal bagno e infilarsi semiaddormentato a letto con lei la notte prima. Era esausto e non se l'era sentita di rimandarlo a dormire sul pavimento sopra la coperta.

Nel bel mezzo della notte non era sembrato un gran problema. Solo che adesso era mattino e invece di dormire dalla sua parte, con la schiena rivolta verso di lei, una lunga gamba era infilata in mezzo alle sue, il braccio era intorno alla sua vita e la faccia schiacciata contro il suo seno.

Oh Dio. Perché, oltre a tutto il resto, doveva essere un tipo da coccole?

Abby guardò i capelli castano chiaro tagliati corti, un po' più lunghi in cima e arruffati dal sonno. Le arrivò al naso l'odore del sapone che usava lei e della pelle pulita e lo respirò. Hunt aveva veramente un buon odore. Ed era ultracoccoloso, anche se aveva la faccia schiacciata sopra il suo seno.

Guardò in alto e pensò alle possibili scelte. Scivolare via e cercare di non svegliarlo? Si sarebbe comunque reso conto di essersi messo a letto con lei, un errore comprensibile nel mezzo della notte, ma sarebbe stato meglio che non sapesse che posizione compromettente avevano assunto inavvertitamente i loro corpi.

Prima che Abby riuscisse a definire la migliore via di fuga, Hunt inspirò e strofinò la testa contro il suo seno con la bocca che aleggiava sopra un capezzolo.

Abby sentì una fitta acuta di eccitazione tra le gambe, dove c'era la coscia calda di Hunt, che faceva pressione nel punto giusto. Risucchiò il fiato, raggelata. Doveva svegliarlo.

Ma la mano di Hunt cominciò a vagare sulla sua gamba e la *sua* gamba scivolò verso l'alto, strofinando il punto che pulsava di desiderio.

Abby aveva la testa che vorticava. Da un lato, il suo corpo lo desiderava da morire. Era passato tanto tempo e Hunt era incredibile, dentro e fuori. Ma...

Quali erano i ma?

Erano sposati. E dovevano far sembrare reale la loro relazione. Il sesso li avrebbe decisamente avvicinati.

Oh giusto, *ma*... Che cosa sarebbe successo quando Hunt avrebbe lasciato lei e Noah e avrebbe ripreso la sua vita?

Abby si conosceva. Hunt le piaceva. Le era sempre piaciuto. Beh, una volta resasi conto che non era semplicemente un tipo sexy che cercava di rimorchiarla al club per un'avventuretta. Era un uomo sincero, affezionato a suo figlio. Tanto da volerla sposare per tenere Noah al sicuro. E il modo in cui la guardava... Le faceva venire i brividi, desiderare di stargli più vicino. Ovviamente si sarebbe innamorata di lui se avesse lasciato che le cose proseguissero. Motivo per cui non poteva permettere che succedesse.

Hunt gemette e le tirò verso il basso la t-shirt, tempestando di baci leggeri lo spazio tra i seni, accarezzando i capezzoli con le lunghe dita.

«Oh» disse Abby, lasciandosi sfuggire il fiato.

Hunt si bloccò. Alzò la testa guardandola con gli occhi semichiusi, assonnati. Guardò il suo corpo, le proprie mani sul suo corpo e si tirò indietro come se si fosse scottato.

«Buongiorno» gli disse Abby.

«Buongiorno» rispose lui esitante. Si guardò intorno e poi guardò la coperta sul pavimento. «Non ho idea di come sono finito qui. Sono veramente dispiaciuto.» Si fissò la mano. «E mi dispiace per...»

Abby sorrise, cercando di alleggerire una situazione imbarazzante. «Non è il caso, è più azione di quanta ne abbia avuta da anni.»

Hunt strinse gli occhi. Per un lunghissimo momento non disse nulla. E poi la sua gamba si spostò leggermente tra le sue cosce.

Abby risucchiò il fiato. «Hunt.»

Gli occhi di Hunt si scurirono e tra di loro scoccarono scintille. Perché quell'uomo doveva essere così sexy?

«Sai,» le disse, toccandole il labbro con un dito leggermente calloso, «potremmo consumare il matrimonio. Renderlo ufficiale.»

Abby sentì le farfalle nello stomaco, nonostante tutte le ragioni che avrebbero dovuto convincerlo a smettere di fare lo stupido e restare tranquillo. «Complicherebbe le cose.» Non avrebbe assolutamente parlato della sua vera paura. Quella di innamorarsi del bel donnaiolo che le stava solo facendo un favore aiutandola a uscire da una situazione spinosa.

«Se ci pensi, è la cosa giusta da fare» disse Hunt. «Anche se i nonni sospettassero che il matrimonio è finto, non potrebbero dire che non è legittimo e tu e Noah sareste al sicuro.»

«Vero» disse Abby. «Ma poi dovremmo affrontare gli strascichi del fare sesso.»

«Ci sono strascichi?» chiese Hunt inarcando un sopracciglio.

«Sì. Potremmo volerlo fare di nuovo. E non abbiamo una vera relazione.»

«Mmm...» Lo sguardo di Hunt era fisso sul suo seno e si stava spostando al basso. «Io ci sto a correre il rischio, se sei d'accordo.»

Abby non reagì, perché il cervello era bloccato in una nebbia ormonale.

Hunt si chinò e appoggiò le labbra sulle sue, più leggere che nella cappella. Le mise la mano sul lato della testa, dandole tutto il tempo per tirarsi indietro.

Quella gamba infernale si mosse appena tra le sue e Hunt la baciò di nuovo. Questa volta era un bacio vero, con vera passione, e la fece precipitare in una spirale di desiderio.

Abby gli mise le braccia al collo e lo baciò anche lei.

Hunt non si affrettò ad approfittarne, ma la sua mano vagò verso il basso, lasciandosi dietro una scia di fuoco.

Le sfiorò il collo con le labbra, le dita sfiorarono un capezzolo finché Abby pensò che avrebbe perso la testa. Finalmente, Hunt appoggiò tutta la mano sul seno e lei si arcuò, premendosi contro il suo tocco.

Le fece scivolare la t-shirt verso l'alto. «Va bene?»

Stavano *conoscendosi*. Era un bene, no?

Abby alzò le braccia e la t-shirt sparì, lasciando nudo il suo seno.

Hunt fece un respiro profondo e la toccò sotto il seno, baciando la parte sopra allo stesso tempo. «Sei una bella donna, Abby. Te l'avevo già detto?»

La sua gamba muscolosa era ancora tra le sue e ad Abby si incrociarono gli occhi per la doppia stimolazione della bocca e della mano sul seno e della gamba che premeva leggera all'apice del suo sesso. «Uh, non credo.»

Una donna poteva avere un orgasmo dopo un minuto di contatto? Perché lei stava cominciando a sentirlo arrivare e avrebbe giurato che era vicino. Era quello che succedeva quando non si faceva sesso da un'era glaciale. «Forse dovremmo fermarci.»

«Vuoi fermarti?»

«Non voglio fare sesso.» Anche se il suo corpo lo chiamava, una parte del suo cervello era ancora abbastanza lucida da sapere che doveva porre dei limiti. Non molti, ma sicuramente qualcuno.

Hunt alzò la testa. «Niente sesso allora. Che ne dici se ti faccio venire?»

Abby spalancò gli occhi. «Uhm» disse e Hunt sorrise.

«Se ci pensi, è il mio lavoro, sai... Come marito.»

Abby restò a bocca aperta.

«Che c'è?» le chiese Hunt, con una ciocca di morbidi capelli castani che gli scendeva sulla fronte. «È il meno che possa fare per la mia sposa.»

«Hunt Cade, tu sei pazzo.»

«Mi hai sposato, Abby Cade.»

Doveva proprio essere così sexy e possessivo?

Abby alzò la testa e lo baciò. Forte.

Hunt si spostò, togliendo la gamba e Abby quasi piagnucolò rimpiangendola. «Sto solo cercando una posizione migliore» disse Hunt e le toccò l'interno della gamba con il palmo caldo della mano.

Ecco i brividi, l'addome che si contraeva. Non ci sarebbe voluto molto. E avere un orgasmo con il proprio marito era una cosa così brutta? «Continua» mormorò Abby.

Hunt la baciò, afferrandole il fianco, la massiccia erezione contro il suo fianco che dimostrava la sua eccitazione. E poi la sua bocca passò al rigonfiamento del suo seno.

Le accarezzò il capezzolo con la lingua e passò la mano sotto i corti pantaloni del pigiama accarezzando la piega tra la gamba e il sesso, senza toccare nessuna delle parti buone.

La stava uccidendo.

Abby passò la mano sul torace nudo di Hunt, fu momentaneamente distratta dalle creste e dagli avvallamenti dei suoi addominali, e poi scese alla cintura dei suoi boxer.

Hunt si bloccò e le fermò la mano. «Non farlo altrimenti potrei venire e non voglio veramente venire prima di te, moglie.»

Eccolo di nuovo, quel parlare sexy da finto-marito.

Hunt infilò il dito tra le sue gambe, trovò il suo sesso e cominciò a tracciare cerchi leggeri nel punto che stava lanciando scintille da quando si era svegliata tra le sue braccia.

Abby vedeva le stelle, ma pensò che avrebbe potuto rimandare l'orgasmo evitando l'imbarazzo di venire dopo solo qualche carezza.

Poi la bocca di Hunt scese sul capezzolo e succhiò.

Abby perse il controllo. Gridò. Si dimenò nel letto... Aveva perso completamente il controllo.

E, oddio, com'era bello.

Quando Abby ridiscese sulla terra dopo il miglior orgasmo che ricordasse, Hunt le stava baciando il petto, per poi cercare la sua mano e intrecciare le dita. «Credo che mi piaceranno i miei doveri coniugali. Te ne piacerebbe un altro?»

Abby sbatté gli occhi, rendendosi conto di dove aveva lasciato che andassero le cose... Non che le importasse. Comunque... «Non so se è stata una buona idea.»

«Rimpianti?»

Abby scosse lentamente le testa. «Dovrebbe dispiacermi, ma in effetti non è così.»

Hunt le rivolse un sorriso sghembo e Abby abbassò gli occhi sulla sua bocca.

Hunt significava guai.

Capitolo Venti

Abby aveva ragione. Hunt aveva preso l'impegno di sposare Abby per poter aiutare lei e Noah, ma il sesso tra di loro avrebbe cambiato le cose. Non che in passato fosse mai cambiato qualcosa per lui, ma, tecnicamente, Abby era sua moglie. E lui era veramente, fottutamente attratto da lei.

Non aveva mentito. Poteva darle un orgasmo dopo l'altro e morire felice. Ma lei era abbastanza intelligente da voler mantenere una certa distanza tra di loro. Hunt non riusciva a immaginare di prendere un impegno a vita con una donna e non perché avesse bisogno della varietà, come aveva detto ai suoi fratelli. Non aveva fortuna quando amava una donna e aveva imparato quella lezione nel modo più duro.

Hunt stava aiutando una donna e un bambino che ne avevano bisogno, ecco tutto. E, fortunatamente per lui, lei era incredibilmente bella, specialmente quando aveva un orgasmo e le sue labbra si aprivano in un grido. Lui avrebbe potuto esplodere per la frustrazione sessuale se era ciò che si poteva aspettare tutte le mattine, ma che modo incredibile di morire.

Ora che sapeva che sapore aveva e i suoni sensuali che emetteva, voleva soddisfare Abby e affondare nel suo corpo. E non riusciva a immaginare di averne abbastanza dopo una notte, com'era il suo solito. Si vedeva volerla di nuovo. Forse spesso, diciamo ogni giorno, e a quel punto dove sarebbero finiti? In una relazione che nessuno dei due aveva scelto per le ragioni giuste.

Ma questo? Dare piacere a una bella donna? No, non era complicato. Era ciò per cui era nato Hunt e non c'era una donna che volesse soddisfare più di Abby.

Abby si fece una doccia e Hunt si mise la maglietta, poi si aggiustò i pantaloni del completo. Non era l'abbigliamento più confortevole, ma era tutto ciò che aveva in quel momento. E doveva cambiare. Era ufficialmente ora di trasferirsi da Abby e Noah.

Abby uscì dal bagno, strofinandosi i capelli bagnati con un asciugamano, con il volto arrossato. «Hai fame?»

«Sì, ma ci penso io.» Hunt andò al frigorifero in cucina, prendendo un vassoio. Prese due piatti e vi appoggiò le fette di torta al cioccolato con la crema al burro. «Kaylee ci ha mandato a casa dei generi di conforto.»

Abby fissò il cibo. «Vuoi mangiare la nostra torta di nozze a colazione?»

«C'è un momento migliore?»

Abby rise e prese le forchette. «No, immagino di no.» Si sedette davanti a Hunt e lo studiò. «Rimpiangi questa mattina? Per adesso sei bloccato con me. Da quanto ho sentito, a voi donnaioli non piace arrivare a questo punto, se non potete fare una rapida fuga.»

Hunt sbuffò. «Innanzitutto non c'è niente di più bello che svegliarsi con una donna bella e sexy con cui ti piace stare. Secondo, sai con chi stai parlando? Potrei fare per tutto il giorno ciò che abbiamo fatto stamattina e non stancarmi mai.» Le puntò addosso la forchetta. «Tienilo a mente. Il mio scopo nella vita è dare piacere.»

Abby gli diede un'occhiata. «Non sei qui per dare piacere; sei qui per aiutarmi con i nonni di Noah.»

«Vedi, è qui che noi non andiamo d'accordo. Tu la vedi come una situazione con un solo scopo, io ne vedo due, anche se questa mattina abbiamo appena ottenuto il secondo vantaggio del nostro accordo, molto più piacevole.» Ammiccò. «Io ti aiuto con i nonni venuti dall'inferno ed entrambi godiamo il piacere della reciproca compagnia.» Si infilò in bocca un enorme boccone di torta e sorrise.

Negli occhi di Abby apparve una scintilla divertita. «Ed ecco che torna il donnaiolo.»

Hunt cercò di non far vedere che era irritato. Abby pensava ciò che pensavano tutti. Che non fosse capace di una relazione seria. Era vero, eppure la cosa lo infastidiva. «Beccato.» Hunt finì il dolce e si alzò.

Abby alzò gli occhi. «Dove stai andando?»

«Nonostante questo vestito mi piaccia, avrò bisogno di altri indumenti se dovremo vivere insieme. Vado a casa mia a prendere un po' di cose.» Per un attimo, l'espressione di Abby cambiò e Hunt temette di aver detto qualcosa di sbagliato. «Oppure posso andare più tardi...»

«No.» Gli fece segno di andare. «Vai. Ho delle cose da fare prima che torni Noah. Dovrò liberare un cassetto o due per il mio *nuovo marito*.» Sorrise, ma i suoi occhi non avevano la solita scintilla. Hunt esitò, poi si chinò e la baciò sulla bocca. «Tornerò.»

Le avrebbe dimostrato che non aveva nulla di cui preoccuparsi. Poteva tenere le cose sotto controllo e soddisfarla comunque. Doveva farlo, perché si rifiutava di deludere Abby e Noah.

* * *

Hunt andò alla casa che aveva preso in affitto sul lago, completa di imbarcadero per la sua nuova barca. Era tre volte più grande della casa di Abby e Noah, eppure lui preferiva la loro. Era piena delle risate di Noah, bacon croccante e di fiori che prorompevano dai vasi sotto il tocco di Abby.

Hunt ispezionò casa sua. No, non c'era niente di vivo in quel posto. Era dove si faceva la doccia e dormiva, ecco tutto.

Mise in fretta in valigia i vestiti e gli accessori da toilette e chiuse la casa. Aveva già dato il preavviso al suo padrone di casa, quindi non restava molto da fare. L'aveva affittata arredata e aveva già trasferito la barca al molo del club.

Aveva mandato un messaggio ai suoi fratelli quella mattina mentre Abby si faceva la doccia, chiedendo di incontrarli. Era la settimana della sua luna di miele; il minimo che i suoi fratelli potessero fare era incontrarlo per un'ora.

La sua luna di miele... Okay, quindi non aveva proprio riflettuto su quella parte. Era quello che aveva fatto cambiare espressione ad Abby quando aveva detto che sarebbe uscito?

Quando Adam e Wes si erano sposati, Hunt e i suoi fratelli non li avevano visti per settimane, perché erano occupati con la luna di miele (*cioè sesso*). Erano spariti dalla circolazione ed ecco che Hunt, il giorno dopo il suo matrimonio, aveva già lasciato da sola la sua sposa. Ma non si era sposato per le romanticherie, anche se l'attività di quella mattina prometteva bene su quel fronte...

Si passò le dita tra i capelli bagnati dopo la doccia che aveva fatto nella sua vecchia casa. In qualche modo gli sembrava di aver già incasinato tutto. La riunione con i suoi fratelli era per lei. Forse Abby avrebbe capito una volta che glielo avesse spiegato.

Hunt si fermò davanti alla casa di Levi; le auto dei suoi fratelli erano già parcheggiate davanti. Fece un respiro profondo e scese dalla Range Rover. *Adesso o mai più.*

Salì i gradini del portico e bussò leggermente alla porta prima di entrare. «Salve.»

Hunt si chinò e accarezzò il cane di Levi, Grace, che era corsa da lui per leccare tutto ciò che poteva, dalle scarpe ai pantaloni.

Wes sbadigliava sul divano e Levi aveva un braccio intorno alla vita di Emily accanto all'isola della cucina.

Hunt si fermò a guardare. Uhm. Non aveva mai visto Emily con una tuta e una t-shirt. Indossava sempre abiti da ufficio, il più delle volte gonna e camicetta.

Adam si versò una tazza di caffè. Aveva i capelli che sparavano da tutte le parti. Oddio, si sarebbe potuto pensare che fosse l'alba. «Vi vedo tutti bene.»

Bran alzò i piedi senza scarpe e si accomodò sulla poltrona reclinabile. «Abbiamo tutti dei programmi. Qual è l'emergenza di oggi?»

Hunt ispezionò i loro vestiti casual e le t-shirt stropicciate. Non sembrava che avessero dei programmi. «Non mi sembrate occupati.»

«Ad alcuni di noi piace passare del tempo con le nostre donne nel fine settimana» disse Levi. «Che problema hai? Hai lasciato tua moglie un giorno dopo il matrimonio? Non pensavo che cercassi così presto una via di fuga.»

Eccoli, i giudizi. Levi presumeva che Hunt non avesse preso sul serio il matrimonio. Forse poteva non averlo fatto per le ragioni normali, ma non avrebbe potuto essere più serio sul fatto di occuparsi di Abby e Noah.

Hunt ricacciò in fondo la rabbia che gli procuravano le parole di Levi e si concentrò sul motivo per cui era venuto. «Qualcuno di voi ha pensato alla casa di famiglia e a che cosa ne faremo?»

Per quanto ne sapeva lui, nessuno di loro aveva messo piede nella loro casa di famiglia dopo la morte del padre, due anni prima. L'unica persona che vi entrava era Esther, la vecchia segretario di loro padre.

Esther si era sempre occupata della manutenzione della villa di Tahoe di loro padre quando era vivo. Aveva senso che continuasse a controllare la casa ogni tanto, tra un appuntamento e l'altro e la palestra per senior.

«Non ho mai pensato granché alla vecchia casa» disse Levi. «Sono stato troppo occupato a mantenere in vita il resort. Comunque Esther ha tutto sotto controllo.»

«Dice che è in buone condizioni» aggiunse Emily. «Ma Esther mi ha anche detto che è piuttosto datata. Personalmente non ho mai visto quel posto.» Emily lanciò un'occhiata a Levi, che spalancò gli occhi come una lepre sotto i fari.

«Che c'è?» disse Levi. «Quel posto è infestato, Emily. Non ci vuole andare nessuno di noi.»

«Esatto» disse Hunt. «Parlando di quello. Che ne direste se la sistemassimo? Magari prepararla per venderla?»

Adam allungò le braccia sopra la testa. «Immagino che potremmo venderla. Nessuno di noi vuole vivere lì.»

«Beh» disse Hunt. «Forse uno.»

Adam strinse gli occhi. «Che cosa vuoi dire?»

Hunt aveva bisogno di un posto rispettabile in cui

vivere con Abby e Noah. L'avvocato non aveva detto molto, ma sembrava logico che vivere in una casa simile avrebbe tolto ogni dubbio sulla loro stabilità finanziaria. Abby non voleva fare cambiamenti drastici nella vita di Noah dopo il matrimonio, ma sarebbero passate settimane prima che la proprietà dei Cade fosse pronta per viverci. E se c'era una casa che poteva far colpo a Lago Tahoe, era la mega villa dei Cade. Hunt voleva mettere le mani avanti nel caso in cui i servizi sociali avessero cominciato a ronzare intorno come avevano fatto qualche settimana prima.

Nessuno detestava la loro casa di famiglia più di Hunt. L'interno era gelido. Fortunatamente il giardino era stato il dominio e il rifugio dei Hunt e dei suoi fratelli. Al loro padre non importava che cosa facessero all'aperto, purché all'interno la casa fosse immacolata per intrattenere i suoi clienti e i suoi colleghi.

«Se vi interessa sistemare quel posto e venderlo,» disse Hunt, «potrei occuparmi io della ristrutturazione. Ma vorrei vivere lì con Abby e Noah.» Non serviva parlare del motivo per cui voleva la casa per lui e la sua nuova moglie. I suoi fratelli erano già abbastanza sospettosi. Non si sarebbero più fidati di lui se avessero saputo che il suo matrimonio era una farsa, che serviva solo per far sembrare che Abby potesse fornire solide fondamenta a suo figlio.

La fiducia era una cosa fragile. Una volta persa, era difficile ricostruirla. Hunt l'aveva imparato nel modo più duro.

«Immagino che non sia poi una cattiva idea» disse Levi. «Purché ad Abby non dispiaccia. Ristrutturare la casa potrebbe essere un bel casino.»

Hunt appoggiò la spalla contro la parete. «Ci ho pensato. Prima farei fare a Lewis le demolizioni e i lavori più gravosi.»

Levi lo guardò sorpreso. «Hai già parlato con Lewis? E lui ha accettato?»

«Beh, non esattamente.» Chi si occupava di costruzioni era presissimo durante l'estate a Tahoe. Era il motivo per cui lui aveva menzionato l'idea al loro amico Lewis, il proprietario della Sallee Construction, *prima* di parlarne ai suoi fratelli. «È preso, ma uno dei progetti che aveva in agenda è fermo in attesa dei permessi. Ha una lunga lista d'attesa, ma ci farebbe passare avanti, se potesse cominciare subito.»

«Non serve tenerci quel posto se non lo usiamo» disse Bran con un'alzata di spalle. «Il resort è stabile e funziona in modo efficiente. Non è una cattiva idea occuparci adesso di questo progetto.»

Levi non era convinto. «Non lo so.»

Hunt represse un gemito. Ovvio che Levi dubitasse di lui.

«Io sono d'accordo che se ne occupi Hunt» disse Bran, guardando Wes.

«Io ci sto» concordò Wes dal divano.

Adam controllò il suo orologio. «Purché non debba farlo io, a me sta bene. Però forse dovremmo assumere un arredatore d'interni per gli ammodernamenti, non sono sicuro di fidarmi del gusto di Hunt.»

«Innanzitutto,» disse Hunt, «io ho un gusto eccellente. Comunque Lewis mi ha già messo in contatto con un arredatore, perché io riesco ad ammettere quando qualcosa va oltre le mie capacità.»

«Non sempre» borbottò Levi.

Hunt stiracchiò il collo, facendo schioccare i tendini. Calma, doveva ricordarsi di mantenere la calma. Lanciarsi attraverso la stanza per placcare suo fratello perché era un idiota non avrebbe convinto il resto di loro che lui ce la poteva fare. Ma prima che Hunt potesse esplodere, intervenne Adam a salvarlo. «Allora è tutto sistemato» disse Adam, avvicinandosi alla porta. «Devo andare, ma tenetemi informato.»

Hunt guardò Levi, che non aveva accettato. Emily gli diede una gomitata nei fianchi. «Bene» disse.

A Hunt bastava. Non era probabile che ottenesse qualcosa di più, trattandosi di Levi.

Camminando con un passo più sciolto, Hunt uscì per andare a dare ad Abby la bella notizia, o almeno quella che sperava fosse una bella notizia. Non aveva voluto grandi cambiamenti per Noah, ma quello che stava facendo era *tutto* per Noah. Abby avrebbe accettato.

Ovviamente, non conosceva bene le donne. Non quella donna almeno.

Capitolo Ventuno

«Una nuova casa?» disse Abby, appoggiando il cesto della biancheria che stava portando. «Ti ho detto che non voglio sconvolgere la vita di Noah più di quanto abbia già fatto.» Hunt non l'aveva ascoltata. Stava ignorando i suoi desideri e prendendo decisioni alle sue spalle. Abby sentiva le tempie pulsare e il cuore che batteva come un tamburo. Che cosa aveva combinato sposandolo?

Hunt alzò le braccia: «Ascoltami. Tecnicamente non sarebbe una nuova casa; è quella in cui sono cresciuto e non dovremo trasferirci per parecchie settimane. Ci sono dei lavori di demolizione da fare e altri di preparazione. Non voglio che la mia famiglia viva in mezzo al rumore e alla polvere».

La sua famiglia. Ma lei e Noah non erano suoi. A meno che Hunt non stesse prendendo il matrimonio più seriamente di quanto lei avesse pensato inizialmente. Ma perché avrebbe dovuto?

«Pensaci, per favore, okay?» le disse Hunt. «Potremmo portarci Noah e vedere che cosa c'è da fare.»

«Quindi non è ancora deciso. Non hai preso una decisione alle mie spalle.»

Hunt si mise una mano sul cuore. «Non farei mai una cosa così stupida.»

Abby si guardò attorno. Casa sua non era granché, ma era intima e accogliente. Okay, un po' *troppo* intima. «Perché adesso?»

«I miei fratelli e io abbiamo rimandato per anni il problema di che cosa fare della casa di famiglia. È uno dei motivi, l'altro è che vivere nella casa dove sono cresciuto aiuterebbe a scoraggiare Vivian. Io non sono tipo da roba di lusso, ma mio padre lo era e la casa che aveva fatto costruire è imponente. Vivremmo nel lusso, vicino al resort e al tuo posto di lavoro e, cosa ancora migliore, non dovremmo pagare l'affitto. La casa è completamente pagata. Potresti risparmiare.»

Adesso stava parlando la sua lingua. Niente affitto? Le sarebbe piaciuto risparmiare un po' di quello che guadagnava invece di buttarlo dalla finestra con gli affitti di Tahoe. «Non che stia accettando di fare niente, ma i tuoi fratelli sono d'accordo?»

Hunt sbuffò. «I miei fratelli sono contenti di levarsi di torno il lavoro di ristrutturazione della vecchia casa. Stiamo tutti pagando la manutenzione mentre resta vuota. Tanto vale andare avanti con un ammodernamento e prepararla per la vendita.»

Abby non aveva mai ricevuto niente gratis in vita sua. Finché non era arrivato Hunt. E non era sicura di sapere che cosa ne pensava. Sì, era meraviglioso avere qualcuno che faceva cose carine per lei, ma che cosa avrebbe potuto dargli lei per compensare tutto quello che avrebbe fatto lui? «Sei sicuro che i tuoi fratelli non penseranno che te ne stai approfittando?»

«Diavolo, no. Faremmo loro un favore.»

Abby sospirò e andò in cucina, appoggiando le mani sul ripiano di formica consumato. «Accetterò di portarci Noah, ma se sembrerà a disagio per qualunque motivo o non vorrà lasciare questa casa, non accetterò la tua proposta.»

«Mi sembra giusto.»

* * *

«Wheee!» gridò Noah mentre correva nel cortile anteriore della proprietà dei Cade e Abby trasalì. Chiaramente aveva giudicato male l'entusiasmo di suo figlio per una nuova casa. Specialmente per una moderna villa di montagna a tre piani.

Hunt la guardò inarcando un sopracciglio.

«Bene» disse Abby. «Quindi gli piace il cortile.» Guardò la porta d'ingresso. «Ma questo posto è enorme. E se si perdesse?»

Hunt annuì saggiamente, anche se Abby sapeva di sembrare ridicola. «È una cosa da tenere in considerazione. Ma i miei fratelli e io non ci siamo mai persi e ho fiducia in Noah. Probabilmente conoscerà questo posto meglio di noi in un giorno o due. Ma non saltiamo alle conclusioni.» Quello sulla faccia di Hunt era un sorriso ottimista? «Diamo un'occhiata all'interno e vediamo che cosa ne pensa Noah.»

Sì, decisamente quella che trasudava da Noah era sicurezza. Accidenti. Sapeva qualcosa che Abby non sapeva.

Hunt corse su per i gradini fino alla porta d'ingresso e immise un codice su un tastierino.

La porta si aprì e Abby restò senza fiato. «Porca vacca.»

«*Mamma!*» esclamò Noah ridacchiando.

«Intendevo dire *accipicchia*.» Stava già dandogli un

cattivo esempio, si vedevano i risultati di essere cresciuta nel Midwest con i suoi genitori.

«Wow!» disse Noah, guardandosi attorno impressionato. «Hai veramente vissuto qui?»

Hunt si accucciò accanto a Noah e guardò la stanza, con i soffitti alti due piani e le finestre che davano sui boschi. «Sì, quando ero un bambino. Che ne pensi?»

«È enorme» disse Noah, con gli occhi che brillavano. «Posso correre in giro?»

«Fai pure.»

Noah partì come un razzo, oltre il foyer e lungo il corridoio. Abby lo sentì gridare d'esultanza per tutta la strada.

Diede un'occhiata di traverso a Hunt. «Non significa niente.»

Hunt sorrise. «Come dici tu, moglie.»

Abby sentì un brivido percorrerle la schiena. Hunt aveva pronunciato le parole scherzando, ma sembrava gli piacesse chiamarla moglie, ed era una cosa che le incasinava la testa. «Sei sicuro di non essere mai stato sposato prima? Perché sembri avere tutte le risposte giuste per ottenere quello che vuoi.»

Hunt ridacchiò. «Mai stato sposato, ma presto attenzione.»

«Ed è il motivo per cui sei così bravo con le donne» disse Abby, senza gradire le sue stesse parole.

Hunt le prese la mano, con il sorriso che svaniva. «Avevamo un patto, Abby. Finché staremo insieme, ci sarai solo tu.»

Abby sentì mille spilli che la pungevano nel punto in cui la sua mano calda le teneva il braccio. Stava vedendo cose che non c'erano e chiedendosi se ci potesse essere di più.

Sfilò lentamente la mano da quella di Hunt e attraversò

la sala da pranzo per entrare nella cucina. I passi di Hunt risuonarono dietro di lei.

Diede un'occhiata dietro di sé e lo colse che si guardava intorno nella cucina, con un'espressione seria sul viso.

Abby dimenticò le sue preoccupazioni riguardo il loro matrimonio. Che cosa significava veramente quella casa per Hunt?

Hunt voleva che lei vivesse lì, ma appena aveva messo piede nella casa, il suo atteggiamento era diventato guardingo. «Va tutto bene?»

Lui annuì. «È parecchio che non torno qui.» Alzò appena le spalle. «È più vecchia di quanto ricordassi. Questa cucina è da buttare.»

La "cucina" era roba di lusso, di alta gamma e un milione di volte migliore di quella che lei condivideva con Noah. A Hunt sembrava non dare fastidio il posto dove lei viveva, ma la mega villa che odiava? Se si fossero trasferiti lì, la casa di famiglia di Hunt, sarebbe stato il posto più bello in cui Abby fosse mai vissuta.

Comunque riusciva a capire che se avevano in programma di vendere la proprietà, avrebbero dovuto ammodernare la cucina. Doveva avere vent'anni. Chiunque spendesse quel genere di soldi si sarebbe aspettato qualcosa di moderno. Comunque, Hunt era stranamente suscettibile riguardo a una cucina datata. «Tutto qui quello che non va?»

Hunt si ficcò le mani nelle tasche dei jeans e restò lì, rigido, senza rispondere. O senza sapere che cosa rispondere.

C'era qualcosa in quella casa che lo metteva in agitazione. Se dovevano vivere lì, Abby voleva assicurarsi che *lui* sarebbe stato contento della decisione. Tentò una tattica diversa. «Com'era crescere qui?»

«Freddo» rispose Hunt, in tono piatto.

Abby rise, senza umorismo. «E vuoi che ci trasferiamo qui?»

Hunt si guardò attorno ed emise un lungo sospiro. «Sarà una cosa temporanea. Inoltre ho intenzione di rifare questo posto finché sarà praticamente irriconoscibile.»

Abby aggrottò le sopracciglia. «Qual è il vero motivo per cui non ti piace questa casa?»

Hunt guardò di lato, fingendo di cercare Noah. Abby sentiva suo figlio che correva al piano di sopra. «La mia infanzia è stata... diversa. Non orribile, ma solitaria. Mia madre è morta quando ero piccolo e mio padre non faceva altro che lavorare. Quando c'era, non ci prestava attenzione. Non so.» Alzò rigidamente le spalle. «Eravamo in cinque e non molto docili. Non posso biasimarlo se voleva liberarsi di noi.»

Abby deglutì, sentendo improvvisamente un dolore al petto. Avrebbe voluto abbracciare Hunt. Avrebbe voluto urlare contro suo padre e dirgli che avrebbe dovuto stare vicino ai suoi figli. Lei stava lottando per poter crescere suo figlio e il padre di Hunt aveva buttato via la possibilità di essere un genitore per i suoi figli.

Abby si accontentò di mettere un braccio intorno a Hunt, non sapendo come un uomo – *suo marito* – si sarebbe sentito. «Tu sei il migliore con i bambini al Club Tahoe, e Noah ti adora. Se hai avuto un'infanzia infelice, beh, non è evidente.»

Hunt distolse lo sguardo. «Non mi piace vedere i bambini soffrire la solitudine. Inoltre,» disse e sorrise, «secondo i miei fratelli, mentalmente, io ho la loro stessa età. Ci troviamo bene insieme.»

Abby gli strinse il braccio. «I tuoi fratelli si sbagliano.

Sei un uomo meraviglioso e sarai un ottimo padre. Sei già un esempio meraviglioso per Noah.»

Hunt la fissò, come per capire se fosse seria. E poi i suoi occhi si riempirono di calore e il suo sguardo scese sulla sua bocca.

Abby riandò immediatamente con la mente alla mattina precedente e l'espressione sul volto di Hunt quando le stava regalando un piacere incredibile.

Buon Dio, era potente.

Abby si schiarì la voce. «Dovremmo trovare Noah. Penso che si sia perso nel labirinto.» Cercò di staccarsi, e Hunt mise la mano sopra la sua.

«Abby.» Aspettò che lo guardasse negli occhi. «Non ti deluderò.»

Le aveva letto nei pensieri perché lei *aveva* paura. Anche se non di lui. Temeva di provare un sentimento troppo forte per un uomo che non poteva avere

Capitolo Ventidue

Hunt non riusciva a rilassare le mani strette a pugno mentre camminava per la vecchia casa, cercando Noah. Cosa diavolo aveva creduto di fare, cercando di convincere Abby a trasferirsi?

Quando aveva preso quella decisione, era stato puramente per proteggere Abby e Noah. Aveva dimenticato il senso di sventura imminente che gli causava quel posto. E se lo sentì precipitare tutto addosso, un ricordo dopo l'altro, con ogni stanza in cui entravano e ogni pezzo intoccabile di mobilio su cui posava gli occhi.

Hunt trovò Noah nella sua vecchia camera e per un momento lo riportò indietro nel tempo.

«Questa era la tua stanza» disse Noah, sdraiato sul tappeto con le braccia ripiegate dietro la testa invece che sul letto singolo extra-lungo accostato alla parete. «Quando vivremo qui, voglio la tua stanza.»

Diversamente dal resto della casa, la sua vecchia stanza non lo turbava. Era stata il suo rifugio. «Come facevi a sapere che questa era la mia stanza?»

Noah saltò in piedi e corse verso la cabina armadio. Indicò l'interno dello stipite.

Inciso nel legno c'era: *Hunt è stato qui.*

L'aveva inciso quando aveva otto anni, solo qualcuno più di Noah.

Il padre di Hunt una sera non era tornato a casa e Hunt e i suoi fratelli erano rimasti con la governante, che li faceva andare tutti a letto alle sette, in modo da non doversene occupare. Hunt si era seduto nella sua cabina armadio e aveva creato un fortino, restando alzato ben oltre la solita ora. Era una delle tante notti in cui aveva immaginato di essere un pirata che soccorreva gli innocenti.

Hunt scosse la testa. Qualcuno avrebbe dovuto insegnare al giovane Hunt la definizione di "pirata". Perfino allora considerava istintivamente ogni uomo o donna che pilotasse una barca un protettore del mare, o, nel caso di Hunt, del lago. Si era ripromesso che avrebbe salvato la gente, perché nessuno aveva mai salvato lui. Eppure l'unica cosa che gli dava coraggio adesso e non lo faceva scappare a gambe levate erano Abby e Noah. Lo faceva per loro.

Ed era un pensiero inquietante.

Hunt si stava attaccando sempre più alla sua piccola nuova famiglia. Poteva essere in grado di aiutarli in quel momento, ma non era uno sciocco. Dentro di sé sapeva che i suoi fratelli avevano ragione. Prima o poi avrebbe fatto un casino, e comunque nessuno avrebbe avuto bisogno di lui nel lungo periodo.

Noah corse da una stanza all'altra, esclamando deliziato, e perfino Abby, la sua scettica sposa, stava sorridendo. Le uniche persone su cui quella casa aveva un effetto deprimente erano Hunt e i suoi fratelli.

Avrebbe spogliato la casa, fino a lasciare soltanto la

struttura. In un modo o nell'altro, ne avrebbe fatto un posto di cui Noah e Abby potessero godere.

Hunt si passò la mano sulla fronte sudata.

«Hunt» disse Abby, in piedi dietro di lui. Non l'aveva sentita avvicinarsi, troppo preso dal suo passato. «Non siamo obbligati a vivere qui.»

Stava dimostrando debolezza per una maledetta casa. Non andava bene. «Significa che lo stai prendendo in considerazione?»

Lei indicò Noah, dall'altra parte corridoio, che stava saltando sul vecchio letto di Hunt. «Non penso di avere scelta. A Noah questo posto piace. Ma noi non abbiamo i ricordi che hai tu. Saremo altrettanto felici a casa mia.»

Hunt s'irrigidì. L'unica cosa positiva della casa di Abby erano le persone che ci vivevano. Altrimenti, il piccolo cottage era malandato e in un quartiere equivoco. Non andava abbastanza bene per Noah e Abby se volevano impedire ai nonni di Noah di pensare di ottenere la custodia del nipote.

Doveva farsi forza e scrollarsi di dosso il passato. «Affare fatto, allora. Ci trasferiremo appena sarà finito il lavoro preliminare. Ti sta bene avere gli operai di Lewis intorno? Conosco la maggior parte di loro e affiderei la mia vita a Lewis.»

«Io mi fido di te, quindi mi sta bene» rispose Abby.

Hunt si sentì stringere il petto. Nessuno si era mai fidato completamente di lui. Le donne, i suoi fratelli... Gli volevano tutti bene, ma erano abbastanza furbi da non fidarsi di lui. Tranne Abby.

Abby era una madre protettiva, dolce e amorevole. Non era una sempliciotta. Eppure sembrava avere assoluta fiducia in lui. Come diavolo ci era riuscito?

Era un mezzo per arrivare a un fine, si disse Hunt. La

casa impressionava tutti e avrebbe scoraggiato i nonni di Noah. E avrebbe dimostrato ai suoi fratelli che poteva sostenere la sfida di sistemarla.

Ognuno dei suoi fratelli si era fatto avanti quando si era trattato del Club Tahoe, assumendone la direzione, eccetto Hunt. Questo era il suo modo per dimostrare il proprio valore.

* * *

Era tardi quando Hunt riportò Abby a casa sua. Lei preparò una veloce cena a base di pasta e polpette e Hunt lesse un libro a Noah.

«Ancora uno!» intonò Noah dalla sua camera, entusiasta del fatto che il suo miglior amico del Club Tahoe vivesse con loro. Noah, inoltre, non la smetteva di parlare della loro "nuova casa".

Abby si avvicinò alla porta della camera. «Niente da fare, ometto. Sono state giornate piene. Hai bisogno di dormire.»

Sia Hunt sia Noah la guardarono risentiti dal letto. La scena più triste che avesse mai visto.

«Bene» disse Abby. «Ancora uno, ma poi devi dormire.»

Noah balzò fuori dal letto e corse alla piccola libreria, mentre Hunt lo guardava sorridendo. Sembrava felice di leggere un'altra storia almeno quanto lo era Noah di ascoltarla. Incredibile.

Dopo l'ultimo libro, Abby e Hunt diedero la buona notte a Noah e Abby chiuse piano la porta della sua camera.

Abby si fermò in corridoio, nervosa. «Allora...» disse.

«Allora» rispose Hunt, con un accenno di sorriso sulle labbra.

Accidenti, era imbarazzante. Non erano una coppia,

eppure avevano fatto qualcosa di seriamente "adulto" in camera l'altra mattina.

La notte prima, avevano passato talmente tanto tempo a disfare le valigie e a trovare posto per le cose di Hunt, con Noah che entrava ogni due minuti che non c'era stata l'opportunità di dedicarsi alle loro attività mattutine. Hunt aveva dormito nel letto con Abby, ma entrambi si erano addormentati appena spente le luci.

Quella sera, non erano più esausti per tutto il lavoro. Hunt si sarebbe aspettato che succedesse ancora quello che era successo il giorno prima? E lei lo desiderava?

Abby sentì un'ondata di calore al ventre. Accidenti a Hunt Cade e alle sue mani. Si sarebbe abituata e poi dove sarebbe finita? Da sola e senza Hunt. «Vuoi usare il bagno per primo o vado io?»

«Vai tu per prima» le disse Hunt. «Ho un'e-mail da mandare a Lewis. Vorrei incontrarmi con lui alla villa domani e far cominciare le demolizioni alla sua squadra.»

Giusto, le demolizioni. Era solo Abby che pensava ai momenti sexy con Hunt. Era lui il colpevole; era troppo bravo.

Datti una calmata, donna.

Hunt era apprensivo quando si trattava della casa della sua famiglia. Ma forse era così che lei poteva ripagarlo per ciò che lui stava facendo per lei. Lo avrebbe aiutato con la ristrutturazione, ora che non doveva fare dei turni extra per arrivare alla fine del mese, e insieme avrebbero spazzato via i brutti ricordi.

Abby si lavò i denti, si mise un pigiama corto e si infilò sotto le coperte. Sentì Hunt entrare in bagno ma a quel punto le sue palpebre stavano calando e faticava a tenere gli occhi sulla pagina del libro.

Appoggiò il libro sul comodino. Avrebbe passato nuovamente la notte a letto con Hunt e sentì un brivido di piacere percorrerle il corpo. Da lì in poi avrebbero dormito nello stesso letto, ora che c'era Noah in giro. Nonostante quei pensieri scintillanti, la fatica vinse e Abby si addormentò.

Dopo quelli che le sembravano solo pochi minuti, Abby aprì gli occhi e vide una luce grigiastra filtrare dagli scuri. Era mattino, ma doveva essere presto.

Ripensò alla sera prima. Doveva essere crollata in fretta. Non ricordava Hunt entrare nella stanza e adesso che i suoi sensi si erano risvegliati, notò che non era nemmeno a letto con lei. Ricordava distintamente il suo corpo caldo accanto a lei. Non c'era calore, né avvallamento nel materasso, nessun braccio muscoloso che la teneva possessivamente.

Abby si mise seduta. Era già uscito per la giornata? Era sembrato impaziente di incontrare il suo amico Lewis e cominciare i lavori...

E poi Abby lo vide.

Hunt era sdraiato sul pavimento sopra una coperta, il torso nudo in mostra. Un braccio sotto la testa, i capelli arruffati, lunghe ciglia che ombreggiavano gli zigomi forti.

Abby si godette lo spettacolo come una donna che stesse morendo di fame. Il suo sguardo scese lungo il rigonfiamento dei bicipiti, alle spalle muscolose, allo stomaco con gli addominali definiti da cui non riusciva a distogliere gli occhi.

L'altra notte, non era riuscita a dare un'occhiata seria alla bellezza che era Hunt Cade, perché, *oddio*.

Quando tornò a guardare verso l'alto, Hunt aveva gli occhi aperti e la fissava. Fissava lei che fissava lui. L'aveva colta a adocchiarlo e non sembrava gli dispiacesse. Nemmeno un po'. In effetti, la stava guardando come se volesse darle un morso.

Andava male.

«Mamma?» la chiamò assonnato Noah dal corridoio.

«Merda.» Abby si guardò attorno. Era stata beccata. Non per i pensieri sexy che le passavano per la testa, ma perché Hunt avrebbe dovuto essere a letto con lei. Perfino Noah sapeva che le persone sposate dormivano nello stesso letto. L'aveva informata la sera prima, quando si era preoccupato che lei non sapesse come trattare il suo nuovo marito.

Hunt spalancò gli occhi, gettò da parte la leggera coperta e saltò nel letto con lei. Abby ebbe solo un secondo per accorgersi delle sue gambe muscolose prima che Hunt si rannicchiasse contro di lei. Con la massiccia erezione premuta contro il suo sedere.

Abby squittì e Hunt le strinse il fianco.

«*Shh*» le disse, dandole un'occhiata di avvertimento.

Come avrebbe fatto a restare zitta con il suo corpo grande ed eccitato premuto contro di lei?

«Colpa tua» borbottò Hunt. «Non puoi guardarmi in quel modo la mattina e aspettarti che le cose non siano *all'altezza* della situazione.»

Abby tentò di voltare la testa e dire qualcosa di spiritoso, ma Noah entrò nella stanza.

«Ciao, tesoro» disse Abby, con la voce più acuta del solito.

Noah salì sul letto, ignaro dell'agitazione di Abby.

Hunt la tirò indietro, ancora più stretta al suo corpo, facendo spazio per Noah.

«Ho dormito bene» disse loro Noah, sbadigliando. «Che c'è per colazione?»

Abby si schiarì la voce, si sforzò di allontanare i suoi pensieri dall'uomo ridicolmente sexy che la teneva stretta e disse: «Perché non vai a lavarti i denti e io ti preparerò delle uova?».

«Toast alla francese.»

Abby tolse i capelli castano chiaro dalla fronte di Noah e gli baciò la fronte. «E toast alla francese sia.»

«Due fette, per favore» disse Noah.

«Sei per me» disse Hunt e Noah ridacchiò.

Abby torse la bocca. «Visto che sarete voi due a mangiare di più, comincio a chiedermi perché sono io quella che deve cucinare.»

Noah scese dal letto, continuando a ridere.

Un attimo dopo, Abby lo sentì sbattere la porta del bagno.

Lasciò uscire il fiato, ma Hunt non si tirò indietro ora che Noah era uscito. Oh no, invece il ragazzaccio abbassò lentamente la testa e le baciò il collo in un punto sensibile.

«Non funzionerà» disse Abby, arcuando il collo per facilitargli il compito. Perché, gente? Uomo sexy che la bacia in un punto delicato. E l'altra mattina aveva solo versato qualche goccia al pozzo sessuale che si era prosciugato anni prima.

«Oh, sta funzionando» le rispose Hunt.

Si stava riferendo all'erezione premuta tra le sue cosce. «Sei terribile.»

«Mi piacerebbe. Penso che dovremmo rivalutare le regole del nostro matrimonio.» Le passò leggermente le labbra sulla pelle della gola.

Oddio. Aveva sposato Hunt per proteggere Noah ma adesso si rendeva conto del pericolo che stava correndo: aveva anche sposato l'uomo più sexy in città. Non c'era una donna così forte da resistergli. «Non posso, Hunt.»

Lui alzò la testa e la fissò, con un'espressione seria sul volto. «Aspetterò.»

Abby storse la bocca. Non era quello che si era aspettata che dicesse. Sapeva bene anche lui che stavano scherzando col fuoco, cedendo all'intimità. «Sembri terribilmente sicuro di te stesso. Eravamo d'accordo che farci coinvolgere troppo sarebbe stata una cattiva idea.»

«Sono d'accordo che un coinvolgimento emotivo sarebbe pericoloso. Ma penso che un'intimità fisica sarebbe vantaggiosa per entrambi, come abbiamo dimostrato l'altra mattina.» Le rivolse un sorriso strafottente.

Abby gli diede una lieve gomitata nello stomaco mentre scendeva dal letto e Hunt emise una risata soffocata.

Hunt si sdraiò sulla schiena, con entrambe le braccia sotto la testa, sorridendo. «Sono qui, ogni volta in cui hai bisogno di me.»

Ed era quello il problema. Abby ne aveva fin troppo bisogno.

Capitolo Ventitré

Hunt guardò la cucina che aveva visto il giorno prima dopo oltre un decennio e fece una smorfia. Quale idiota aveva pensato fosse una buona idea trasferirsi in quel vecchio posto? In quel momento si sarebbe preso a calci. «Demolite tutto» disse a Lewis.

Lewis tirò fuori il metro. «Darò le misure al nostro progettista in modo che possa riconfigurare la cucina. Per il resto potremo cominciare tra un paio di giorni.»

Hunt pensò a che cos'altro ci sarebbe voluto per rendere vivibile lo spazio, con tutti i tristi ricordi che conteneva. «Vorrei che demolissi anche il foyer e le modanature. Tanto vale liberarsi del pavimento già che ci sei. E voglio che tutte le porte interne siano nuove.» Girò su se stesso. «Buttiamo giù la parete tra la cucina e la sala da pranzo. E anche quella tra la cucina e il soggiorno. Ci sono troppe fottute pareti in questo posto.»

Lewis lo guardò inarcando un sopracciglio. «Avevi detto che si trattava di un ammodernamento.»

Hunt mandò giù l'amaro che sentiva in bocca dal

momento in cui aveva messo piede in casa. «Ho cambiato idea. Se devo restare sotto questo tetto, ho bisogno che sembri una casa diversa.»

«Perché non l'abbattiamo?»

Hunt si guardò attorno. «Possiamo farlo?»

Lewis ridacchiò. «Diavolo, Hunt, stavo scherzando. Costruire questa casa dev'essere costata una fortuna ed è in condizioni eccellenti. Ma non preoccuparti. Sposteremo tutto e sembrerà di non essere nello stesso posto.»

«Butterai giù anche le pareti interne?»

Lewis si spostò da una stanza all'altra. «Se non sono portanti. Fammi portare i ragazzi in soffitta e far venire il progettista. A che stile stai pensando?»

Hunt ci pensò per un momento. «Qualcosa che non faccia a pugni con l'esterno. Piena di calore. Nel modo in cui Abby ha sistemato casa sua.»

«Vuoi che il progettista parli con tua moglie?»

Era quello che voleva? I suoi fratelli avrebbero potuto obiettare, visto che Abby era un membro nuovissimo della famiglia e quella era la casa in cui erano cresciuti... Ma gli avevano dato carta bianca e Abby sapeva rendere accogliente una casa. Perfino il merdoso cottage in cui vivevano lei e Noah. «Sì. Fai parlare il progettista con Abby. Andrà bene quello che sceglierà lei.»

«Astuto. Gen approverebbe.» Lewis prese qualche appunto. «Tra parentesi, Abby le piace veramente, dopo averla conosciuta al vostro matrimonio. Ha detto che ne hai scelto una giusta.»

Lewis era più vecchio e più vicino all'età dei suoi fratelli, ma faceva comunque parte del branco con cui era cresciuto. E, a quanto pareva, la fidanzata di Lewis, Gen, aveva un ottimo gusto, perché Abby *era* una giusta.

Abby non assomigliava a nessun'altra che Hunt avesse

conosciuto. Sotto la divisa e le occhiaie scure c'era una bella donna. Francamente Hunt pensava che fosse sexy anche con la divisa da infermiera, inoltre le occhiaie stavano scomparendo, ora che lavorava meno ore. Ma quelle erano tutte cose superficiali. Era una mamma incredibile, divertente, spiritosa e, accidenti, sexy da morire. Forse lei non se ne rendeva conto, ma lo stava lentamente uccidendo condividendo una stanza.

Hunt aveva avuto un assaggio di Abby la loro prima notte di nozze e adesso tutto ciò a cui riusciva a pensare erano i suoni dolci che emetteva mentre le dava piacere, la morbidezza della sua pelle sotto le sue mani e l'espressione di gioia sul suo volto quand'era arrivata al culmine del piacere. Voleva che avesse un orgasmo tutti i giorni, più volte al giorno. Ma si stava frenando e questo significava che lui sarebbe potuto esplodere.

Restare sdraiato accanto ad Abby tutte le notti senza poterla toccare? Tortura. La tortura più dolce. Ma si rifiutava di fare una mossa finché lei non gli avesse dato l'okay.

Passò una settimana e Hunt si buttò nella ristrutturazione. Era quello o buttarsi da un dirupo per la frustrazione sessuale.

Era un bene per lui. Non si era mai negato il piacere di una donna. Serviva a forgiare il suo carattere, si diceva.

Dio, se i suoi fratelli avessero saputo da quanto tempo non faceva sesso, dopo aver conosciuto Abby. Loro pensavano che si stesse scatenando con sua moglie. Non potevano sapere che era il periodo di magra più lungo che Hunt avesse mai sperimentato.

Lewis e i suoi bestioni da demolizione sventrarono la

cucina e i bagni, rimossero le pareti al pianterreno. Una delle pareti era portante, ma Hunt voleva che sparisse comunque. Accettò di pagare una fortuna per far aggiungere una gigantesca trave di sostegno nel soffitto e ne valse la pena. Più quel posto cambiava, meno gli ricordava la sua infanzia. Ora, se solo fosse riuscito a farsi figurativamente invitare nel letto dalla sua temporanea mogliettina...

Hunt avrebbe potuto impazzire. Non per l'astinenza, anche se certo non l'aiutava, ma perché doveva restare sdraiato notte dopo notte accanto a una donna che desiderava ogni giorno di più.

Più Hunt pensava ad Abby e al loro *accordo*, più si convinceva che una relazione fisica fosse il modo giusto di proseguire. Okay, bene, era arrapato da morire e la sua finta moglie era incredibilmente bella. Tutto ciò che doveva fare era chinarsi per prendere un rotolo di plastica dal cassetto in basso e lui diventava duro. Lo stava facendo impazzire.

Ogni volta che Hunt aveva pensato a un futuro con una donna, la sua mente non era riuscita a formare un'immagine. Ma per la prima volta non aveva paura di una relazione seria, se era con Abby. Per Hunt, era un cambiamento epocale.

Doveva essere a causa della mancanza di sesso. Non c'era nient'altro che avesse senso.

Prese il telefono e mandò un messaggio a Abby.

Hunt: *Che c'è per cena?*

Quella settimana le aveva offerto un paio di volte di portare a casa del cibo da asporto dal Club Tahoe, ma entrambe le volte Abby aveva rifiutato. Poteva lamentarsi della quantità di cibo che mangiavano lui e Noah, ma sembrava che cucinare non le pesasse, anche se non l'avrebbe mai ammesso.

Abby: *Noah ha appena mangiato i maccheroni al formaggio. Tu te la dovrai cavare da solo. Maria e io stiamo andando ad ascoltare musica.*

Hunt: *Chi si occuperà di Noah?*

Abby: *Speravo lo facesse mio marito ;)*

Abby: *Ma se non puoi, posso chiamare i nonni di Noah. Anche se detesto chiedere loro qualcosa. Oppure potrei restare a casa...*

Niente da fare. Innanzitutto, se c'era qualcuno che aveva bisogno di un po' di tempo per sé, quella era Abby. Tra la scuola e il suo lavoro, quella donna lavorava più ore di chiunque Hunt conoscesse. Era contento che avesse ridotto le ore lavorative dopo il loro matrimonio. Inoltre, lasciare un po' di spazio tra di loro era probabilmente la cosa migliore. La tensione sessuale a casa loro era intensa. Andare a letto un'altra volta senza toccarla avrebbe potuto far esplodere il tetto.

Hunt: *Posso occuparmi io di Noah? Serata tra ragazzi!*

Abby gli mandò l'emoji di un cuore e Hunt si sentì gonfiare il petto.

Era facile accontentare Abby. E occuparsi di Noah era un vero divertimento. Avrebbero mangiato cibo spazzatura. Abby se ne sarebbe lamentata, ma era una *serata tra ragazzi* e il cibo spazzatura era d'obbligo.

Hunt prese in considerazione le alternative mentre entrava nel vialetto del cottage di Abby, casa sua per quella settimana. Hamburger e patatine? Gelato? Al resort c'era quella torta vulcano al cioccolato che piaceva tanto a Noah...

Salì i gradini ed entrò con la chiave che Abby gli aveva dato una settimana prima. Noah era al tavolo da pranzo e stava costruendo una torre con delle forme geometriche. «Ehi, Noah, com'è andata la tua giornata?»

«Alla grande! La mamma lascia che sia tu il mio baby-sitter questa sera!» Noah rimbalzò su e giù sulla sedia.

Hunt sorrise e appoggiò le chiavi e il portafogli sul ripiano della cucina. «Ho sentito. Comincia a pensare al film che vuoi vedere.» Riempì un bicchiere e bevve un sorso d'acqua. Poi successero parecchie cose tutte insieme: Noah cominciò a elencare in fretta i titoli di film d'animazione e Abby entrò in soggiorno, guardando in basso e sistemandosi l'orlo del vestito.

Hunt soffocò con l'acqua, spruzzandola in giro.

I lunghi capelli castano chiaro di Abby ricadevano in morbide onde oltre le spalle e si era truccata, il che la portava da naturalmente bella a stupenda, come una super-modella.

Che diavolo aveva in testa? Voleva lasciare che sua moglie uscisse senza di lui? L'avrebbero tampinata a destra e manca.

Noah si chinò e rise istericamente. «Hai sputato l'acqua!» Poi corse da sua madre e le mise le braccia intorno alla vita. «Mamma, sei carina!»

Abby sorrise e baciò la testa di Noah. «Grazie, tesoro.»

Alzò lo sguardo su Hunt e spalancò gli occhi.

Che diavolo stava pensando di fare, uscendo con quell'aspetto? Era una donna sposata, per l'amor del cielo.

Giusto, era un matrimonio solo di nome, ma non sembrava così. A lui sembrava che Abby fosse *sua*. E Hunt non condivideva.

«Posso parlarti per un attimo?» le chiese.

Abby lo stava ancora guardando con un'espressione incerta, ma annuì e si rivolse a Noah. «Fai il bravo stasera, okay? Cerca di non mangiare troppo di quel cibo cattivo che porta a casa Hunt.»

Noah ridacchiò.

Beccato. E Hunt non si vergognò affatto. *Serata tra ragazzi.*

Toccò il gomito di Abby mentre lei prendeva la borsa e la guidò fuori dalla porta di casa, chiudendola, in modo che Noah non potesse sentirli. «Dove stai andando?»

Abby frugò nella sua borsa, prendendo le chiavi dell'auto. «Te l'ho detto nel messaggio. Vado ad ascoltare della musica con Maria.» Socchiuse un occhio. «Penso che andremo in una birreria appena aperta che propone nuove band.»

Hunt appoggiò una mano sullo stipite e l'altra sul fianco di Abby. «Non mi piace.»

Abby guardò la mano di Hunt sul proprio fianco e aggrottò la fronte. «Non vuoi curare Noah? Perché...»

«Non quella parte.» La guardò dalla testa ai piedi, con il fuoco negli occhi, soffermandosi sui fianchi e sul seno sotto l'abito nero elasticizzato e aderente che indossava. Scarpe nere con i tacchi alti accentuavano le gambe toniche, giusto la ciliegina sulla torta. Aveva voglia di leccare ogni centimetro. «Non mi fido degli uomini single intorno a te.» Ci pensò per un momento. «E nemmeno di quelli sposati.»

Abby arricciò le labbra. «Hunt, ti rendi conto di quanto suoni ridicolo?»

«Come se fossi un somaro possessivo? Sì.» Si chinò in

avanti e inspirò. «Oltretutto hai anche un profumo favoloso.»

Abby nascose un sorriso, ma si chinò anche lei verso di lui. «È stupido. Non esco con un uomo da prima della morte del padre di Noah. La notte del nostro finto matrimonio è il massimo di azione che abbia avuto da secoli.»

Hunt finì di chinarsi verso di lei e le sfiorò le labbra con le proprie. «Maledettamente giusto. E ce n'è di più da dove è venuto quello. Ti desidero.»

Abby sospirò. «È tutta colpa tua. Dei tuoi bicipiti. E del tuo torace e delle tue mani vaganti. Dopo che noi-noi... Beh, tutta questa settimana è stata strana. Non avremmo mai dovuto fare quello che abbiamo fatto la nostra prima notte di nozze, ma adesso è tutto quello cui riesco a pensare.»

Erano finalmente sulla stessa lunghezza d'onda. «Ci desideriamo a vicenda. Siamo sposati. Se ci pensi, è compito nostro procreare» le disse con un sorrisino sghembo.

Abby gli punto un dito addosso. «Non è vero e lo sai. Il sesso tra di noi complicherebbe le cose.»

«Oppure le renderebbe meno complicate. Non c'è niente di più stressante della tensione sessuale che c'è in questa casa. Considera il soddisfare i nostri bisogni come una specie di terapia. Perché, te lo assicuro, quando avrò finito con te, sarai completamente rilassata.»

Abby deglutì. «Ci penserò. Dopo essere uscita con Maria. Ho rinunciato a tutto quando ho cominciato a uscire con il padre di Noah. Non ho intenzione di rifarlo.»

«Non ti chiedo di rinunciare ai tuoi amici. Ricorda solo che cosa ti aspetta a casa.» La baciò, questa volta mettendole il braccio intorno alla vita sottile e tirandola contro il proprio petto, esprimendo con la bocca tutte le cose che voleva fare con il suo corpo.

Poi si staccò lentamente, ma Abby barcollò sui tacchi

alti e lo fissò stordita. «Chiamami se hai bisogno di una guardia del corpo» le disse, sfiorandola con lo sguardo. «Con quel vestito creerai scompiglio nella popolazione maschile di questa città.»

Poi Hunt fece ciò che non pensava sarebbe stato capace di fare e guardò Abby allontanarsi.

Capitolo Ventiquattro

Accidenti a Hunt e ai suoi baci. Come avrebbe fatto Abby a concentrarsi e divertirsi quando tutto ciò cui riusciva a pensare era il modo in cui la faceva sciogliere solo con la bocca e la lingua? E la portò a pensare ad altre cose in cui poteva essere bravo con la lingua…

Abby si prese la testa tra le mani.

«Va tutto bene?» le chiese Maria.

Abby alzò la testa e sorrise. «Sì, tutto bene.»

«Ne sei sicura? Perché avrei potuto giurare che non avresti accettato di uscire con me stasera, adesso che hai un marito sexy nel tuo letto» disse Maria ammiccando esageratamente.

Maria era al corrente del suo accordo con Hunt, ma, a quanto pareva, la speranza era l'ultima a morire.

«Hunt era d'accordo.» In effetti non era vero. Non sembrava che fosse d'accordo. Ma l'aveva lasciata andare senza discutere.

Hunt poteva essere territoriale, ma si fidava di lei e quella combinazione era sexy da morire. Ovviamente, prima l'aveva marchiata con quel bacio bollente, il demonio, assicurandosi che tutto ciò cui sarebbe riuscita a pensare era quello che sarebbe successo una volta tornata a casa. E più ci pensava, più prendeva in considerazione di accettare la sua offerta.

Sesso. Con Hunt Cade, il maestro di tutti gli exploit sessuali.

Ma c'era di più nel loro legame ed era quella la parte rischiosa. Non era puramente fisico, non lo era mai stato. Hunt si era lentamente dimostrato un uomo generoso e solidale sotto quella patina sexy. E voleva bene a suo figlio. Abby avrebbe facilmente potuto innamorarsi di suo marito e sarebbe stato un disastro. A quanto dicevano tutti, Hunt Cade non era tipo da relazioni serie.

Un paio d'ore più tardi, dopo aver ascoltato la musica e la conversazione che si era sforzata di seguire, Abby scese dalla sua auto e risalì il vialetto di casa sua. Sembrava tutto tranquillo, le luci all'interno erano basse e dagli scuri filtrava lo sfarfallio della TV. Hunt doveva essere ancora sveglio.

Abby fece un respiro profondo e aprì piano la porta, attenta a non svegliare Noah nell'altra stanza, visto che la casa aveva le dimensioni di una scatola da scarpe.

Ma Abby non trovò Hunt che l'aspettava e Noah non era nel suo letto.

Hunt era spaparanzato sul divano, con un piede sul pavimento che sosteneva il suo peso, la testa appoggiata al bracciolo. E suo figlio era sdraiato sopra di lui, con la bocca aperta, la schiena appoggiata al petto di Hunt, che aveva un braccio intorno alla vita di Noah e lo sosteneva proteggendolo anche nel sonno.

Abby inspirò ed espirò lentamente. Respirare avrebbe dovuto calmarla, ma le lacrime arrivarono lo stesso. Noah rannicchiato contro Hunt era la cosa più simile a vedere suo figlio con una figura paterna che avesse mai immaginato e dalla gola le sfuggì un lieve suono soffocato.

Hunt sbatté gli occhi, svegliandosi. Aveva un'espressione confusa, poi il suo sguardo cadde su Abby. Sul volto gli apparve un'espressione scura, possessiva, prima che guardasse in basso, apparentemente sorpreso di trovare Noah addormentato sopra di lui.

Con un gesto fluido, Hunt si mise in piedi con Noah in braccio e lo portò in silenzio in fondo alla casa.

Abby si tolse le scarpe e andò in cucina a prendere un bicchiere d'acqua. Doveva schiarirsi la testa. La scena adorabile di Hunt con Noah non avrebbe influito sulla sua decisione di andare oltre con Hunt.

Okay, la stava convincendo.

Non aveva mai visto suo figlio voler bene a un uomo nel modo in cui amava Hunt. E Abby non poteva fargliene una colpa, perché era mezza innamorata di Hunt anche lei.

Hunt tornò in soggiorno sfregandosi i capelli in disordine. «Tutto bene?» Stiracchiò la schiena e sbadigliò.

Abby appoggiò il bicchiere sul ripiano e si avvicinò. «Noah sta dormendo?»

«Come un sasso.» Hunt sorrise, imbarazzato. «Immagino di essermi addormentato anch'io. Scusami, non intendevo lasciare che Noah si addormentasse lì.»

Ad Abby non interessava che Noah fosse rimasto alzato fino a tardi. Suo figlio era stato curato e protetto da un uomo che non aveva motivi per amarlo in quel modo.

Abbassò la cerniera del vestito e guardò gli occhi di Hunt che seguivano il movimento delle sue mani.

«Abby» le disse a voce bassa. «Non siamo obbligati a farlo. Cioè, possiamo e non intendo dissuaderti.» Si strofinò la guancia quando lei abbassò il vestito oltre la vita e sopra i fianchi coperti di satin nero. Il tessuto si ammucchiò sul pavimento. «Ma non voglio che ti senta obbligata.»

Obbligata? Era la donna più fortunata al mondo ad avere Hunt che la guardava in quel modo. Aveva fissato il suo corpo per tutto il tempo in cui aveva parlato. Ma adesso la stava guardando negli occhi e c'erano tante cose lì che riusciva a leggere e altre illeggibili. Desiderio, meraviglia e qualcosa di più profondo.

Fece un passo avanti e premette il corpo contro di lui, tirandogli giù la testa per un bacio.

Bastò quello.

Hunt le avvolse le braccia intorno alla vita e la sollevò, drogandola con le labbra e la lingua. Andò verso la camera e chiuse piano la porta, anche in quel momento attento al ragazzino nell'altra stanza. Attraversò la stanza, affondò nel letto e Abby rotolò verso di lui.

Hunt si appoggiò sul fianco e la schiena di Abby premette contro il materasso. «Sei sicura di volerlo?» Hunt le passò le mani lungo le costole e attraverso il reggiseno di satin nero, sfiorandole il capezzolo con un dito.

«Ti ucciderò se ti fermi adesso» gli rispose Abby.

Hunt le passò lievemente la bocca lungo la gola, con un grugnito maschile di approvazione. E poi il reggiseno sparì e le mutandine anche. Non si era nemmeno accorta che le avesse tolto il reggiseno finché non sentì l'aria fresca sul seno.

Abby si mise seduta. Lei era completamente nuda, ma Hunt era vestito. «Via la maglia. Subito.» Non era stata eloquente, ma andava bene così. Se dovevano farlo, non voleva perdersi niente. Voleva vedere Hunt in tutta la sua gloria.

Hunt mise le mani dietro il collo e si tolse la maglia mentre Abby armeggiava con la patta dei jeans. Dita tremanti o meno, si sentiva potente e al comando. Hunt era il *suo* uomo. Forse non per sempre, ma per il momento era così.

Hunt si alzò e si abbassò i jeans e i boxer. Li scalciò di lato e tornò sul letto accanto ad Abby.

L'illuminazione era bassa ma filtrava abbastanza luce dagli scuri da farle sporgere gli occhi dalla testa. Non esisteva un uomo dal fisico più perfetto di Hunt.

Gli passò lentamente il palmo della mano sulle spalle larghe, sul torso, gli addominali affusolati, studiando ogni cresta e ogni avvallamento.

Hunt sorrise, con un'espressione indulgente. Finché Abby non avvolse la mano intorno alla sua erezione.

Hunt emise un respiro aspro e divenne teso. «Piano, Abby. È passato un po' e non resto mai senza così a lungo...»

Lei lo guardò negli occhi. «La tua reputazione è così veritiera?»

Lui annuì, con l'espressione seria. «Puoi sempre tirarti indietro.»

Hunt era più della sua reputazione di donnaiolo. Non aveva mai avuto occasione di dubitare della sua lealtà nei confronti suoi o di Noah. «Non ho intenzione di tirarmi indietro. Ma dovremmo usare una protezione.»

«Sempre. Uso sempre un preservativo» le rispose.

«Okay, allora.» Abby riportò le mani sul suo corpo, riprendendo da dove aveva smesso. Desiderava Hunt più di quanto avesse mai desiderato un uomo.

Hunt rotolò finché fu sopra di lei e la guardò negli occhi. Il suo sguardo scese al petto e alle braccia. «Sei così bella che non so da dove cominciare. Sei come un banchetto messo davanti a un uomo affamato.»

Abby sorrise ma poi lui le coprì la bocca e smise di sorridere. La lingua entrò, stuzzicandola, e poi Hunt scese e le leccò il capezzolo, niente preliminari con le mani e le dita, diritto con la lingua sul bocciolo contratto del suo seno.

Abby quasi si sollevò dal materasso ma Hunt la tenne ferma, con il palmo premuto leggermente sul petto.

E poi scese ancora, con la mano che copriva il seno mentre la bocca lasciava una scia verso il suo ombelico. Si attardò lì e leccò, poi ricominciò a scendere con le labbra morbide e la lingua finché raggiunse la piega della gamba.

Hunt le alzò il ginocchio, aprendola, ma Abby non ebbe il tempo di sentirsi timida. Hunt succhiò lungo la piega tra la coscia e il suo sesso, facendola dimenare.

Era così vicino...

Hunt spostò la mano da un seno all'altro, girando intorno e strizzando dolcemente i capezzoli mentre alternativamente baciava e succhiava la pelle morbida all'interno della coscia. Le passò leggermente la mano lungo la gamba, raggiungendo punti delicati dietro il ginocchio e poi tornò su, continuando a stuzzicarla.

Abby era sul punto di dire qualcosa per invitarlo a muoversi quando lui le strinse il capezzolo e premette di piatto la lingua contro il suo clitoride.

Abby si arcuò e gridò.

Hunt la zittì ridendo. «Non vogliamo svegliare Noah e ho dei programmi per te.»

Oh, l'impertinenza, i sottintesi... E come diavolo riusciva a toccare tanti punti erogeni tutti allo stesso tempo?

Forse si meritava veramente la sua reputazione, non per la quantità di donne che aveva sedotto, ma grazie alla qualità dei suoi gesti. Avrebbe dovuto preoccuparsi dei motivi per cui era diventato così bravo ma in quel momento a lei veramente, *veramente* non importava nulla.

Le si rovesciarono gli occhi nella testa. Non poteva fare altro che accettare il piacere dei tocchi di Hunt.

E poi la lingua di Hunt tornò alla madre di tutte le zone erogene, leccando e succhiando e applicando abbastanza pressione su quel fascio di nervi che sembrava il centro dell'universo. Abby si dimenava sfacciatamente nel letto, gemendo per impedirsi di gridare.

Stava per venire come la volta precedente. Velocemente e forte. E non riusciva a sentirsi imbarazzata. Non quando stava mentalmente rincorrendo l'orgasmo.

E poi la bocca di Hunt sparì dal suo corpo e lui si mise seduto.

«Che c'è...?» fu tutto ciò che Abby riuscì a dire prima che lui la voltasse sullo stomaco. Hunt le avvolse la mano intorno alla vita e la sollevò finché Abby sentì il calore del suo petto sulla schiena. Le cosce di Hunt erano tra le sue ginocchia e la sua mano tornò sul suo clitoride, scatenando il caos con le sue dita.

Lo stava facendo di nuovo, il multitasking. Sentì arrivare il suono della confezione del preservativo che si strappava, ma le sue dita non smisero mai di fare la loro magia, continuando a girare intorno al suo clitoride ed entrando nel suo corpo. Poi Hunt le allargò le ginocchia usando una coscia muscolosa, mentre una mano tornava sul suo seno e l'altra continuava a torturarla nel modo migliore possibile con un dito esperto su quel fascio di nervi.

La penetrò centimetro per centimetro.

Hunt Cade era ben proporzionato, dappertutto. Aveva visto il suo sesso ma ora che lui stava lentamente muovendosi dentro di lei avrebbe voluto gridare. Era perfetto. O forse era la sua pelle calda e il ritmo erotico delle mani sul suo corpo. Qualunque cosa fosse, la stava drogando. E l'aveva portata sull'orlo dell'orgasmo prima ancora di essere entrato completamente.

Abby inarcò la schiena e Hunt la penetrò completamente. Non smise la sua lenta tortura con le mani una volta entrato. Con la schiena contro il suo petto, entrambi sulle ginocchia, Hunt aveva un accesso completo al suo corpo e lo stava usando.

Abby arcuò il collo all'indietro quando arrivò l'orgasmo e Hunt l'aiutò a gestirlo, senza smettere il suo ritmo costante finché le ebbe strappato fino all'ultima goccia di piacere.

Qualche momento dopo, Abby si lasciò cadere, incapace di sostenersi.

Hunt l'aiutò ad appoggiarsi sulla pancia e poi la voltò come se non pesasse niente. La penetrò di nuovo, fissandola con i suoi intensi occhi azzurri. Le sollevò il ginocchio e cambiò la loro posizione finché colpì un punto dentro di lei che la face gemere e sentire arrivare un altro orgasmo.

Che diavolo?

Quando arrivò il nuovo orgasmo, Hunt era lì con lei, le baciava le labbra e il collo, mentre mugolava il proprio orgasmo. Il suono della sua voce e i suoi movimenti scattosi e incontrollati erano sexy da morire mentre lui si lasciava andare.

Abby lo tenne stretto, anche mentre superava il proprio orgasmo, con l'euforia che si diffondeva dentro di lei.

Non l'avrebbe mai lasciato andare, almeno finché lo aveva.

Hunt crollò sopra di lei, sostenendo parte del suo peso sulle braccia mentre il respiro si calmava lentamente.

Dopo qualche minuto, sollevò la testa che aveva inserito tra la spalla e il collo di Abby. Aveva uno scintillio malizioso negli occhi. «È stato bello. Pronta per il secondo round?»

Capitolo Venticinque

«Il secondo round?» chiese Abby, stupita. «Sto ancora riprendendomi dal primo round. Come fai a essere ancora cosciente?»

Hunt rotolò sul fianco, tirando Abby con sé. «Tu mi ispiri» le mormorò contro il collo, facendole il solletico.

«Oppure sono l'unica donna disponibile nelle vicinanze» disse. «Mi hai promesso di non andare con nessun'altra. Non hai molta scelta.»

Abby sentì una sensazione quasi di nausea. Hunt aveva chiarito che quel matrimonio era il suo modo di aiutarla e niente di più. Ma adesso che aveva passato del tempo con lui e aveva cominciato a conoscerlo, non era sicura di volerlo lasciar andare. Pensava di riuscire a mantenere le cose informali. Adesso era piuttosto certa che Hunt l'avesse rovinata per tutti gli altri uomini.

Non poteva reprimere i sentimenti che stavano nascendo in lei anche prima del sesso esplosivo.

Hunt si irrigidì e Abby temette che le avesse letto nei pensieri che voleva di più.

«Va tutto bene?»

«Non voglio stare con te solo perché sei l'unica donna intorno. Lo sai, vero?»

Non proprio. «Siamo attratti l'uno all'altra» disse Abby, esitante. Perché c'era una chimica rovente tra di loro.

«Chiamarla attrazione è riduttivo.» Hunt scosse la testa e guardò nel vuoto. «Ti sembrerò uno stronzo, ma tu sei l'unica donna con cui ho mai avuto voglia di impegnarmi.»

«Ma era per aiutare me e Noah» disse Abby. Hunt aveva accettato il finto matrimonio e lei non era abbastanza ingenua da pensare che l'affetto per suo figlio non avesse giocato un ruolo importante in quella decisione.

«Forse. All'inizio. Adesso non ne sono così sicuro.»

Abby smise di sorridere.

«Che c'è?» le chiese Hunt.

«Niente» rispose Abby, poi sorrise e lo baciò. Ma, dentro, il suo cuore e la mente erano in subbuglio. Non poteva rischiare di rovinare il loro accordo per dei sentimenti costruiti su un terreno instabile. Che cosa sarebbe successo se Hunt si fosse lasciato prendere dal panico mentre la loro relazione cresceva e l'avesse lasciata? Lei sarebbe tornata al punto di partenza, da sola, e con i nonni di Noah che le soffiavano sul collo.

Dopo il matrimonio di Abby con Hunt, Vivian aveva fatto un passo indietro togliendole un enorme peso dalle spalle. Non poteva rischiare di perdere il terreno che aveva conquistato quando si trattava dei nonni di Noah. Nemmeno per la possibilità di trovare l'amore, era suo dovere nei confronti di Noah.

* * *

Sfortunatamente, la settimana seguente mise a dura prova la decisione di Abby a mantenere casuali i suoi rapporti con

Hunt. Lui dimostrò alla grande la sua dichiarazione di avere una resistenza incredibile.

Appena Noah si addormentava, Abby e Hunt si ritiravano nella loro stanza e restavano svegli per metà della notte mettendo alla prova le abilità di Hunt. Lei stava ottenendo *molto di più* da quel finto matrimonio di quanto ne ricavasse lui, ne era certa.

Il sesso con Hunt era il migliore della sua vita. Anche se non sembrava che lui ne soffrisse. La notte prima, Hunt l'aveva cercata nel mezzo della notte. «Solo una volta ancora» aveva detto, e Abby non pensava che fosse solo per il sesso. Sembrava tenersi stretto a lei esattamente come voleva tenerlo lei.

Abby si chinò sopra il letto, arrossendo a quel ricordo e frugò per trovare il paio di leggings che le aveva tolto Hunt. Era sabato mattina e sentì Noah che faceva rumore nella sua stanza. Da un minuto all'altro suo figlio si sarebbe precipitato dentro.

Hunt le passò la mano sul sedere. «Mmm.»

Lei gli schiaffeggiò via la mano. «Abbiamo appena finito!»

Lui la guardò piegando la testa. «Esiste veramente una cosa come "finito" quando è così bello?»

Lei si chinò e lo baciò sulla bocca. «Sei terribile.»

«Ma ti eccita?»

Lei ridacchiò e allungò la mano per prendere una t-shirt per nascondere la verità. Perché era vero, la eccitava.

Praticamente tutto di quell'uomo era un enormemente eccitante. Doveva solo guardarlo e la sua mente *andava* dove avevano vagato le sue mani qualche ora prima.

«Il seguito alla prossima puntata» disse Hunt agitando le sopracciglia. Si mise un paio di boxer e dei pantaloncini da ginnastica e si alzò. «Che dici se Noah viene con me alla casa oggi?» Per "casa" intendeva la villa dei Cade.

La casa dov'era cresciuto Hunt doveva essere di almeno mille metri quadrati. Era talmente al di là di qualunque cosa avesse conosciuto Abby da bambina che avrebbe potuto essere in un diverso universo.

«Non sarai occupato?»

Hunt fece spallucce. «Noah può giocare in cortile.»

«Oh, sì, *il cortile*» disse Abby sorridendo. «Noto anche come i duemila metri quadrati di giardino curatissimo che circonda la villa, completo di casetta sull'albero, fatta di tronchi e a due piani.»

«È dove mi nascondevo io. Non puoi biasimare Noah perché ha buon gusto.»

«Sei sicuro però?» gli chiese Abby, più seria. «Non vi darà fastidio?»

Hunt le mise il braccio sulle spalle. «Noah è il mio amichetto. Staremo insieme. Non resterò là a lungo. Ho solo bisogno di controllare alcune cose. Siamo fortunati, Lewis aveva un mucchio di operai disponibili dopo il rinvio del precedente progetto che riusciremo a trasferirci presto. Voglio assicurarmi che tutto sia pronto prima di farlo. Inoltre, se tengo occupato Noah, mia moglie sarà bella riposata quando tornerò a casa.» La sua voce assunse un tono basso e allusivo.

Hunt era impossibile. Non poteva dirgli di no quando le parlava con quella voce profonda e sexy. Eppure non sarebbe mai stata docile com'era stata con il padre di Noah.

Abby aveva permesso a Trevor di prendere tutte le decisioni nella loro relazione, credendo che la sua ricchezza e il modo in cui era stato educato lo rendessero superiore a lei. Ma si era sbagliata. Aveva quasi perso tutto quando Trevor era morto. Era il motivo per cui era tornata immediatamente a frequentare il college statale appena Hunt si era trasferito. Non sarebbe mai più dipesa da un uomo.

Abby voleva un partner. Sfortunatamente, Hunt era diventato il partner perfetto: le chiedeva il suo parere sulla ristrutturazione della casa e si affidava al suo gusto. Non imponeva mai nulla e faceva l'amore con lei come se non ci fosse un domani. Che cosa poteva fare?

«Perché ho la sensazione che mi lasci del tempo libero da sola per uno scopo egoistico?» gli disse, cercando di mantenere un tono leggero.

«Perché è così?» La tirò vicina, premendola contro il suo corpo.

Abby spalancò gli occhi. «Come fai a essere duro dopo aver appena fatto sesso?»

«Te l'ho detto.» Le scostò una ciocca di capelli dalla guancia e passò le labbra sulla pelle. «Tu mi ispiri.»

«Solo quello?» disse Abby, con i pensieri che scivolavano in un terreno nebuloso.

«Potresti anche piacermi un po'.» Hunt esitò e si staccò, con un'espressione distratta.

Abby sentì una stupida fitta di eccitazione. Era troppo chiedere che i sentimenti di Hunt per lei fossero cresciuti com'erano cresciuti i suoi? Le aveva già dato tanto. Quindi scelse un tono scherzoso. «Solo un po'?»

«Molto.» Hunt le diede un'occhiata. «Abby, questa è la prima relazione seria che ho da tantissimo tempo.»

Relazione. Non solo accordo. «Ed è una brutta cosa?»

«Non lo so. Non ho dei buoni precedenti quando si tratta di amare le donne.»

Era come se le avesse versato acqua gelata in testa. Ed era il motivo per cui lei doveva ricordare tutto quello che aveva perso l'ultima volta in cui si era innamorata.

Non sapeva se i nonni di Noah avessero un diritto legale

alla custodia di suo figlio, ma non poteva correre rischi. Era il motivo per cui aveva sposato Hunt, tanto per cominciare. E doveva mantenerlo saldo in mente.

Doveva aver rivelato almeno in parte il suo tumulto mentale perché Hunt disse: «Non ti ferirò mai».

Ma l'avrebbe ferita quando se ne sarebbe andato, che lei tenesse o meno i propri sentimenti sottochiave. Poteva mentire a Hunt su quanto fossero profondi, ma non poteva mentire a se stessa.

Hunt era stato il primo a curarsi veramente di lei da secoli e adesso era il suo amante. E le piaceva il suo odore, perfino dopo gli allenamenti. Nessuno aveva un buon odore dopo un allenamento, tranne Hunt. Quando dormiva, lei si accoccolava contro di lui per restare al caldo e lui non si ritraeva, nemmeno quando Abby gli appoggiava addosso i piedi gelati. Roba da tenerlo stretto.

Che cosa poteva fare?

Hunt non poteva lasciarla, perché lei si stava innamorando di lui.

Capitolo Ventisei

Qualche giorno dopo, la villa dei Cade fu pronta per il loro trasloco.

Levi, Adam, Bran e Wes scesero dai loro veicoli, stiracchiandosi e grattandosi varie parti del corpo mentre sbadigliavano.

«Sembra l'effetto di un dopo sbronza» disse Hunt, adocchiando un fratello dopo l'altro. «Che cosa diavolo avete fatto?»

Bran inarcò un sopracciglio come per dire "sei serio?". «Abbiamo guardato *Outlander* ieri sera e Ireland si è sentita ispirata dopo aver ascoltato l'accento scozzese. Mi ha tenuto sveglio fino a tardi.»

Erano i vantaggi di vivere con una donna e Hunt sentiva gli effetti di una relazione fissa. Per esempio, poteva aver salito i gradini due per volta un paio di sere prima per arrivare da Abby prima che Noah tornasse a casa. Ma una sveltina non era veramente una sveltina se entrambe le parti avevano un orgasmo e avevano anche tempo per le coccole e due chiacchiere post-sesso.

Coccole post-sesso? Stava perdendo la testa. Ma che bel modo di morire.

E poi Hunt si rese conto di un'altra cosa. Per la prima volta da quando potesse ricordare, era sulla stessa lunghezza d'onda dei suoi fratelli, con quella cosa della beatitudine coniugale.

Ma c'era un lato negativo in quella beatitudine ed era il motivo per cui probabilmente l'aveva evitata. Si stava attaccando ogni giorno di più ad Abby e quello non era mai successo. Mai.

Wes li guardò torvo. «Non tutti noi restano svegli per divertimento. Io ho una bambina piccola. L'unica cosa per cui rimango sveglio è per rincorrere mia figlia in giro venti-quattr'ore al giorno.»

«Puoi portarla da noi se tu e Kaylee avete bisogno di un po' di tempo da soli» disse Hunt. «Comunque sono il prefe-rito di Harlow.»

Wes sbuffò. «Figurati. Kaylee mi ha parlato del tuo tenta-tivo di fare il lavaggio del cervello a mia figlia per farle dire il tuo nome.» Gli puntò il dito addosso. «Stai lontano da lei.»

«Quindi vengo a prenderla domani?» chiese Hunt.

Wes sbuffò. «Non darle da mangiare i dolci. Non le abbiamo ancora dato zuccheri raffinati. Conoscendoti, lo useresti come metodo per corromperla.»

Idea eccellente, pensò Hunt.

Adorava sua nipote. In effetti, quando suo fratello aveva avuto la bambina, Hunt aveva cominciato a pensare ad avere una Harlow tutta per sé. Finora, Hunt non era riuscito a immaginare una donna con cui volesse avere un bambino, ma Abby era una madre meravigliosa. E a Hunt di certo piaceva allenarsi a fare bambini con lei.

Non si stancava mai di lei, né sentiva di avere bisogno di

spazio. Al contrario, Abby era fin troppo indipendente. Ora che aveva più tempo, era decisa a finire il corso di laurea, e Hunt la sosteneva in pieno. Peccato che la facesse alzare presto dal letto per andare a lezione. Quella parte decisamente non gli piaceva, voleva Abby tutta per sé prima che ci fossero piedini che si precipitavano nella stanza.

Hunt si grattò la testa mentre i suoi fratelli finivano il caffè forte. Erano lì per aiutare a spostare le cose di Hunt e Abby nella casa dei Cade, ora che era quasi pronta. Il piano era di venderla, ma era veramente necessario? La villa dei Cade era un po' grande per una famigliola di tre persone, ma c'era quell'idea di un bambino...

Sin da quando Lewis aveva finito la demolizione, Hunt si era visto vivere con Abby nel posto dov'era cresciuto. Era già scioccante in sé. Non aveva mai immaginato di tornare nella casa di suo padre. Ma era stato così eccitato all'idea di trasferirsi lì che si era svegliato presto e aveva finito di inscatolare tutte le cose della cucina.

A dire il vero, Abby era più organizzata e aveva fatto lei il grosso del lavoro, ma quel giorno era occupata. Era uscita per andare all'università quindi Hunt aveva lasciato Noah al Club dei Bambini e aveva chiamato i suoi fratelli.

Hunt non riusciva a spiegare come fosse caduto preda della beatitudine domestica, tranne che era sembrato inevitabile fin dall'inizio. Aveva detto di voler aiutare Abby con Noah. Aveva detto che aveva i mezzi e poteva proteggere Noah dai suoi nonni. Tutto vero. Ma aveva anche voluto Abby e fino a quel momento non l'aveva ammesso nemmeno a se stesso.

Hunt ci era cascato. Il giorno precedente aveva tentato di dire ad Abby che i suoi sentimenti erano cresciuti, ma aveva fatto un casino.

Erano sposati. C'era bisogno di parlare di quelle cose?

Gli sembrava che fosse una cosa sicura, sempre se loro due non avessero mai fatto niente di sbagliato.

Wes si guardò attorno nel piccolo soggiorno che Hunt condivideva con Abby e Noah. «Sei sicuro di voler tenere questa roba? Non sembra che valga la pena di trasferirla nella casa nuova.»

«I mobili che l'architetto e Abby hanno scelto per la villa non sono ancora arrivati. Abby ha detto che per ora sarebbero andati bene questi. Pensi che sia tanto stupido da andare contro l'opinione di mia moglie?»

Bran e Wes si guardarono e sollevarono immediatamente il divano, trasportandolo al camion dei traslochi che Hunt aveva noleggiato «*Astuti.*»

Hunt era ricco. Avrebbe potuto assumere della gente per fare tutto ma preferiva torturare i suoi fratelli. Era il loro modo di legare.

Ci vollero due ore per caricare tutto il contenuto della casa di Abby e scaricarlo in un piccolo spazio nel soggiorno della villa dei Cade. Noah voleva dormire nel vecchio letto di Hunt, quindi avevano donato quello che Noah aveva usato prima di trasferirsi e portato il letto di Abby nella suite padronale al piano di sopra.

Levi guardò il primo piano ristrutturato, passando da una stanza all'altra. «Non sembra più la stessa casa.»

«Era quello l'obiettivo» disse Hunt seguendolo.

Levi si guardò indietro. «Pensavo che l'obiettivo fosse sistemarla e venderla. Che cos'è l'arredamento nuovo di cui hai parlato?»

«La casa deve essere preparata per la vendita. Abbiamo comprato solo l'essenziale. La maggior parte delle stanze di sopra resteranno vuote» disse Hunt.

Quello che non aveva detto ai suoi fratelli era che si aspettava di vivere lì per un po' con Abby prima che la vendessero. Non solo perché la sua famiglia possedeva già quel posto e aveva un giardino adatto ai bambini per Noah, ma anche perché la proprietà dei Cade sarebbe stata perfetta per dimostrare la loro prosperità agli occhi dei nonni. Non avevano più infastidito Abby da quando Hunt l'aveva sposata, ma non faceva male piantare l'ultimo chiodo nella bara del loro sogno di portar via Noah da sua madre.

«Accontentati del fatto che Abby abbia un gusto eccellente.» disse Hunt. «Lei e l'architetto hanno fatto un ottimo lavoro. Sarà da applausi una volta che arriveranno gli armadietti e i ripiani.»

Lewis e i suoi uomini avevano demolito le pareti, installato il cartongesso, intonacato e dipinto. Avevano anche spostato il cablaggio elettrico e le tubazioni idrauliche per dare alla cucina una configurazione più moderna. Le uniche cose che restavano da fare erano le finiture e questo significava che sarebbe presto arrivato il momento di invitare i nonni di Noah per mostrare loro come vivevano Abby e Noah.

Levi e Hunt tornarono nel soggiorno e dalle spalle rigide di Levi trasudava irritazione.

Hunt sospirò. Era stato troppo aspettarsi che suo fratello apprezzasse il lavoro che aveva fatto. Gli altri fratelli sembravano essere soddisfatti di tutto, ma Hunt avrebbe dovuto sapere che non avrebbe mai accontentato Levi. Non sapeva perché ci stesse ancora provando. Forse per farsi perdonare il passato. Ma adesso le sue priorità erano diverse. Abby e Noah venivano al primo posto.

Levi guardò il piccolo quadrato dov'erano raccolte le cose che avevano trasferito. «Non è molto, vero?»

«No» confermò Hunt.

Levi piegò di lato la testa. «È ingannevole quando ci pensi.»

Suo fratello non doveva aver assunto abbastanza caffeina. «Che cos'è ingannevole?»

«Beh» disse Levi, grattandosi la guancia non rasata. «Da come la vedo io, Abby si porta dietro un bagaglio, ma non lo si capirebbe vedendo ciò che possiede.»

Che cazzo? «Non mi piace il modo in cui ti riferisci a mia moglie.» Levi non sapeva dell'accordo di Hunt e Abby, ragione in più per cui suo fratello non avrebbe dovuto dire stronzate.

Levi si volto a guardarlo. «Non sei emotivamente abbastanza maturo per essere sposato a una donna con un figlio. Non solo quello, un bambino il cui padre è morto. Semplicemente, non hai quello che serve.»

Forse era un residuo della rabbia infantile che irradiava dalle pareti di quella casa. Forse era la pressione che Hunt sentiva di non deludere Abby. In un modo o nell'altro, per gli ultimi 10 anni Levi non aveva mai smesso di dire a Hunt quanto fosse deluso di lui e Hunt ne aveva avuto abbastanza. «Ancora una parola e ti prenderò a calci.»

Levi si voltò. «Hai fatto un errore sposando quella donna.»

Hunt si lanciò contro Levi, avvolgendogli il braccio in una morsa intorno al collo.

Levi pesava una decina di chili più di Hunt, grazie ai quattro o cinque centimetri di altezza in più, ma Hunt era tutto solidi muscoli. Grazie allo slancio, Levi non ebbe scampo. Cadde come un masso. Poi riuscì a dare una gomitata nello stomaco a Hunt. «Hai perso la testa?»

«Ti avevo avvertito. Sono stufo delle tue stronzate.»

Adam corse da loro. «Non di nuovo» esclamò. «Sarà una cosa regolare? Perché pensavo che aveste esaurito tutta l'aggressività alla mia festa di fidanzamento.» Adam cercò di togliere Hunt da sopra a Levi, ma Hunt lo colpì con una testata e lui barcollò all'indietro.

Hunt si scagliò nuovamente contro Levi; questa volta gli diede un pugno nello stomaco e una gomitata al mento. Il sangue cominciò a raccogliersi sul labbro di Levi.

Adam tirò indietro la spalla di Hunt e si scagliò di nuovo su di lui, dandogli una gomitata nella schiena.

Hunt cercò di liberarsi di Adam, ma si ritrovò sdraiato sul pavimento. Adam gli aveva scalciato via le gambe.

«Ehi, yuppie ingessato» disse Hunt. «Dove hai imparato questi trucchi, vestito con i tuoi completi a tre pezzi?»

Adam lottò con Hunt per tenerlo a terra, ignorando la frecciata. «Sono stufo marcio di vedervi lottare.»

Hunt lasciò cadere indietro la testa e sospirò. Adam aveva ragione. Hunt doveva smetterla di permettere che le frecciate di Levi lo colpissero. Non potevano continuare così.

Adam allentò la presa e Hunt si rimise in piedi. «Io sono disposto a mettermi il passato alla spalle,» disse, guardando torvo Levi, «ma mi rifiuto di sentire altre stronzate su Abby.»

Wes e Bran si erano avvicinati, avendo sentito il trambusto. Avevano le braccia lungo i fianchi e sembravano pronti a intervenire se necessario. «È stato un colpo basso, Levi» disse Bran.

Levi si pulì una goccia di sangue dal labbro. «Non stavo parlando male di Abby. Stavo criticando Hunt e la sua immaturità.»

«A me sembra», disse Adam, spolverandosi i jeans, «che vi steste entrambi comportando da immaturi. Hunt non è un bambino da sgridare, Levi. È un adulto. Se commette errori, è un problema suo.»

Hunt lo fissò irritato. «Grazie.»

Proprio in quel momento, Abby si precipitò dentro e tutto ciò che riguardava i suoi fratelli sparì. Perché sembrava scossa.

Hunt corse da lei. «Che cosa c'è che non va?»

«Stavo venendo qua e ho ricevuto una telefonata dal Club dei Bambini. C'è non so quale problema alla spiaggia... Noah è in pericolo.»

Capitolo Ventisette

Abby sentiva il palmo della mano di Hunt sulla schiena mentre la spingeva verso la sua auto. «Come mai non c'è nessuno di voi al club?» gli chiese.

Era per strada per andare alla villa dei Cade per aiutare Hunt con il trasloco quando aveva ricevuto la chiamata dal Club Tahoe. Non aveva previsto di trovare lì tutti e cinque i fratelli.

«I miei fratelli mi stavano aiutando con il trasloco. Non pensavo ci sarebbe voluto tanto.»

«Ma stavate litigando quando sono arrivata. Ho sentito la tensione nelle vostre voci fin da fuori.»

Hunt aprì la portiera e la fece salire, poi si mise alla guida della sua Range Rover, mise in moto e partì a tutta velocità lungo il viale. «Noi litighiamo sempre.»

Abby chiuse gli occhi. «In questo momento non posso pensarci.»

«Abby» disse Hunt. «Dimentica i miei fratelli. Che cosa ti ha detto Kaylee al telefono?»

Le mani di Abby tremavano. «C'è stato un incidente e hanno chiamato la Guardia Costiera.»

Hunt strinse il volante e accelerò. «Andrà tutto bene.»

Quando Abby non disse niente, le afferrò la mano, obbligandola a guardarlo. «Te lo prometto, Abby. Andrà tutto bene.»

La sua espressione era così sincera, come se potesse sistemare tutto. Ma per buone che fossero le sue intenzioni, non era un superuomo. «Non puoi esserne sicuro.» Adesso stava piangendo, con le lacrime che le scendevano lungo le guance. «Kaylee non ha voluto dirmi al telefono che cos'era successo. Deve essere grave.»

Hunt non rispose, ma strinse le mascelle riportando la mano sul volante mentre percorreva la strada serpeggiante per arrivare al club.

Dopo poco arrivarono al Club Tahoe, a quella che sembrava un'entrata laterale.

Hunt balzò fuori dall'auto e corse verso la porta.

Abby lo seguì in fretta.

Hunt la fece entrare usando un tesserino, ma appena superarono il cancello, corse verso la spiaggia e la folla che si era radunata lì.

«Oh mio Dio» disse Abby, con la sensazione di avere il petto stretto in una morsa. Non riusciva a respirare e corse dietro a Hunt, ansimando.

Hunt sembrò capire cos'era successo prima di lei, perché si tolse la camicia e corse verso il molo. I suoi fratelli, sbucati dal nulla, lo seguivano da vicino.

Abby corse da Kaylee, che era accanto al molo, con le braccia sulle spalle di uno dei bambini del Club dei Bambini, con un'espressione preoccupata sul volto. «Che cos'è successo Kaylee? Dov'è Noah?»

Kaylee disse qualcosa a voce bassa al bambino, che corse

via per mettersi insieme agli altri. Poi afferrò la mano di Abby. «Una delle barche si è staccata dal molo e non riusciamo a trovare Noah. Pensiamo che sia a bordo.»

«Cosa!?» Abby cercò sul lago. Hunt aveva preso un acquascooter e lo stava mettendo in moto. «Dov'è la barca?»

Kaylee indicò la vecchia barca di legno che procedeva a passo spedito verso un grosso affioramento di massi di granito lungo la riva.

Abby si slanciò in avanti. «No! Devo raggiungerlo!»

Kaylee avvolse le braccia intorno ad Abby, tenendola indietro. «Stanno arrivando gli aiuti. Se Noah è su quella barca, avrà bisogno che tu sia al sicuro quando Hunt e gli altri torneranno con lui. Non gli servirai a molto se annegherai cercando di nuotare verso di lui.»

Abby chiuse gli occhi. Avrebbe dato tutto per mantenere suo figlio al sicuro. In effetti, aveva dato tutto quello che poteva per mantenere un tetto sulla sua testa. E adesso aveva sposato Hunt per lo stesso motivo.

Ma il legame di Abby con Hunt aveva anche messo Noah in pericolo, perché aveva accettato di continuare a lasciarlo al Club dei Bambini, andando contro il proprio istinto. O forse il suo istinto era guidato dalla paura. In ogni caso, la vita di suo figlio adesso era in pericolo, ed era tutta colpa del Club Tahoe. «Non capisco, come ha fatto Noah a finire sulla barca?»

«Non siamo sicuri che sia a bordo» disse Kaylee. «Uno dei nostri dipendenti ha visto la barca lasciare il molo e mi ha chiesto come mai. Hunt non c'era, quindi non avrebbe dovuto uscire. Ma mancano le chiavi e qualcuno ha sciolto la cima. Abbiamo tentato di contattare la barca via radio, ma non risponde nessuno.»

Prima che Kaylee finisse la frase, Hunt stava già volando sull'acqua con l'acquascooter. I suoi fratelli erano a bordo di un motoscafo del Club Tahoe, subito dietro di lui. Sembrava che fosse arrivata anche la Guardia Costiera e stesse avvicinandosi alla barca.

«Ma come avete fatto a perdere mio figlio?»

Kaylee chiuse gli occhi, come se fosse addolorata. «Era con gli altri bambini questa mattina; l'ho visto io. Con loro c'era un nuovo assistente, che conosce meno i bambini e che non si era reso conto che Noah era sparito. L'abbiamo notato contemporaneamente all'allarme riguardante la barca.» Kaylee strinse le spalle di Abby. «Ho della gente che sta cercando Noah. Lo troveremo. Spesso lucida la vecchia barca di legno con Hunt e visto che è proprio quella che è fuori... La nostra preoccupazione maggiore è che sia sulla barca.»

Abby aveva visto suo figlio che si occupava della vecchia barca con Hunt quando era in ritardo a ritirare Noah. «Mio figlio ha cinque anni. Non porterebbe mai fuori una barca da solo.»

Kaylee scosse la testa. «Te lo assicuro, Abby. Stanno tutti cercando Noah. Abbiamo informato la polizia. Frugheremo ogni centimetro di questo posto finché lo troveremo.»

Ma non servì frugare dappertutto perché la Guardia Costiera li informò via radio che erano sulla barca e avevano trovato Noah. Stavano tornando in quel momento.

Qualche minuto dopo, Hunt si arrampicò sul molo con Noah che piangeva tra le braccia e Abby corse da loro.

«Mamma» disse Noah, allungando le braccia verso di lei.

Abby tirò Noah verso di sé e lo strinse forte. L'avrebbe legato al proprio corpo e non l'avrebbe mai lasciato allontanare più di dieci centimetri da sé se avesse potuto. «Stai bene?»

Noah piagnucolava, le sue guance bagnate le stavano

inumidendo la maglietta. «Ero bloccato sulla barca e andava così in fretta.»

«Lo so, tesoro. Come hai fatto a salire sulla barca?»

Noah si tirò indietro e la guardò. «Io lavoro sulla barca con Hunt.»

Abby fissò l'uomo in questione, il viso arrossato dall'ira.

Hunt non cercò nemmeno di mascherare il proprio orrore.

«Ho lucidato la fiancata come mi ha insegnato Hunt e sono andato a ritirare gli stracci vicino al timone.» Suo figlio sembrava così fiero del proprio "lavoro". Poi gli si riempirono gli occhi di lacrime. «Ma quando ho cercato di scendere ha cominciato a muoversi e non sono riuscito a tornare indietro.» Noah nascose la faccia contro il suo petto. «Ho avuto tanta paura.»

«Shh» gli disse Abby dolcemente. «Adesso sei al sicuro.»

Abby guardò Hunt, ma lui si stava precipitando verso uno dei suoi fratelli, agitando furiosamente le mani.

Kaylee si avvicinò. «Abby, mi dispiace tanto. Non sappiamo che cosa sia successo esattamente, ma quanto Hunt è arrivato alla barca, ha detto che avevano legato la leva dell'acceleratore. Qualcuno l'ha manomesso. Arriveremo in fondo alla faccenda, okay? Non c'è niente di più importante per me e il resto del personale della sicurezza dei bambini.»

«Sei sicura che sia così?» Suo figlio era stato bullizzato al Club Tahoe e adesso, dopo aver assunto più gente per occuparsi del numero crescente di bambini che frequentavano il centro diurno, era quasi morto in un incidente di barca.

«Mi dispiace» ripeté Kaylee, accarezzando la schiena di Noah. «Stai bene, Noah? Non ti sei fatto male?»

Noah scosse la testa senza alzarla.

«Lo porto a casa» disse Abby.

«Certo. Per favore, fammi sapere se tu o Noah avete bisogno di qualcosa. Verrò personalmente.»

«Grazie» disse Abby e guardò dove c'era Hunt, con le braccia incrociate sul petto e la testa bassa. Levi stava parlando con lui e non sembrava contento. «Di' a Hunt...»

Dio, che cosa poteva dirgli. Aveva appena trasferito tutto ciò che lei e Noah possedevano lontano dall'unica casa che poteva definire sua, quindi non poteva nemmeno portare lì suo figlio. «Digli che mi metterò in contatto con lui più tardi.»

Abby non poteva preoccuparsi di Hunt in quel momento. E non poteva nemmeno andare nella casa in cui lui intendeva vivessero. Era un posto nuovo per Noah e Hunt non era nemmeno lì. Probabilmente non ci sarebbe stato per ore dopo ciò che era successo. Hunt era responsabile per la spiaggia e le barche al club; i suoi fratelli non lo avrebbero mai lasciato andare via prima di capire che cos'era successo.

No, Abby aveva bisogno di portare suo figlio in un posto sicuro e familiare.

Prese il telefono mentre portava fuori dal club il figlio esausto, chiamando un Uber. Poi chiamò la sua amica.

«Maria? È successa una cosa. Possiamo dormire da te Noah e io stanotte?»

Capitolo Ventotto

«**N**on riesco a credere che tu abbia permesso che succedesse.» Levi si stava sfogando con Hunt, che non poteva nemmeno dire di non essere d'accordo.

Era scioccato, inorridito.

Se fosse successo qualcosa a Noah... Hunt non voleva nemmeno pensarci.

Appena aveva visto Noah a bordo della barca in fuga, diretta verso gli scogli, aveva guidato l'acquascooter verso il bordo e si era buttato. Era quasi caduto in acqua prima di riuscire ad arrampicarsi sul bordo della vecchia barca di legno e raggiungere il timone. Si era allontanato dalle rocce e aveva liberato la leva dell'acceleratore, che era stata legata con uno spago, attimi prima della collisione.

Aveva preso in braccio Noah, con il cuore che batteva all'impazzata e si era rannicchiato con lui stretto al petto in un angolo della barca, finché il cuore aveva smesso di correre.

La Guardia Costiera si era fermata accanto a loro e

Noah era stato in silenzio per tutto il percorso mentre tornavano.

Era colpa di Hunt. Aveva incoraggiato Noah a imparare tutto sulle barche, credendo di fare qualcosa di buono per il bambino solitario. Ma era Hunt quello che si sentiva solo e aveva solo messo in pericolo Noah.

Quando Abby si allontanò, Hunt non fece nulla per fermarla. Aveva ragione a lasciarlo. Per proteggere suo figlio. Perché Hunt aveva salvato Noah appena in tempo. In qualche modo, non sapeva come, era lui il responsabile e Noah e Abby si meritavano di meglio.

Perché aveva pensato di essere in grado di salvarli?

Aveva sognato di essere il loro protettore e, quando Abby era entrata nel suo mondo, aveva pensato di poter aiutare lei e Noah. Ma Hunt non era il pirata salvatore che aveva sognato di essere da bambino. Nemmeno un marito in grado di occuparsi della sua famiglia. Era un casinista. Proprio come aveva sempre detto Levi.

«Basta, Levi» ringhiò Wes. «C'è altra gente che cura i bambini, inclusa mia moglie. Hai sentito che cos'ha detto Hunt sulla leva dell'acceleratore legata. E qualcuno deve aver slegato la cima che ancorava la barca. Non è stato un incidente. Qualcuno l'ha fatto apposta.»

«Non puoi saperlo» disse Levi. «E se Hunt avesse lasciato le chiavi nel quadro e il bambino fosse salito a bordo?»

Hunt lo guardò, infuriato. «Non ho mai lasciato le chiavi nel quadro in vita mia. Abbiamo frequentato tutti lo stesso corso sulla sicurezza e sono io quello esperto del gruppo, dato che è *quello che faccio.*»

Ma Levi non voleva saperne. «Potrebbero fare causa al club» disse. «Se non la moglie di Hunt, che ha tutti i diritti di portarci in tribunale, allora i genitori degli altri bambini che avrebbero potuto farsi male.» Si mise a camminare avanti e indietro davanti al molo. «Dovremmo chiudere il programma dei bambini.»

«No» dissero all'unisono Emily e Kaylee.

Emily toccò il braccio di Levi. «Questo programma è stato meraviglioso per i bambini. Ascolta i tuoi fratelli. Oggi c'era qualcosa di strano. Dobbiamo fare delle indagini.»

Mentre Emily calmava Levi, si avvicinò Bran. «Ehi, stai bene?»

«Levi ha ragione» disse Hunt. «Posso non aver lasciato le chiavi nel quadro, ma è stata colpa mia. Sono io il responsabile delle barche.» Hunt non l'avrebbe riconosciuto con Levi, ma poteva farlo con Bran.

Bran ridacchiò, tutt'altro che divertito. «Levi si sbaglia il cinquanta per cento delle volte, ma pensa di aver ragione il cento per cento delle volte.»

Hunt scosse la testa. «Ho fatto un casino. In qualche modo, non so nemmeno io esattamente come, ho fatto casino.»

Non aveva sempre incasinato tutto? Era quello che gli ripeteva sempre Levi. Era quello che aveva sempre creduto lui, quando la loro madre era morta per mantenerlo in vita. In fondo, Hunt sapeva di essere lui il problema.

«Hunt» disse Bran, a voce più alta quando Hunt non reagì la prima volta. «Levi è sempre stato più duro con te, anche prima che ti mettessi con la sua ragazza delle superiori.»

Hunt gli diede un'occhiataccia. «Grazie per aver riportato alla luce vecchi ricordi.»

«Il problema», aggiunse Bran, «è che lui è il più vecchio e tu eri un bambinetto quando è morta la mamma. Papà non c'era mai e Levi si era assunto il compito di occuparsi di tutti noi, specialmente di te. Ti trattava come se fosse tuo padre.»

Hunt trasalì. «Cazzo, è un pensiero orribile.»

Bran sogghignò. «Vero? Ma è la verità.»

«Beh, deve tagliare il cordone ombelicale. Ho quasi trent'anni ed è riuscito a farmi diventare pazzo con il suo amore paterno.»

«Ed è il motivo per cui te lo sto dicendo» disse Bran. «Non sei irresponsabile...»

«No, su questo Levi ha ragione.»

«Hunt.» Bran gli strinse una spalla. «Smettila di autoflagellarti. Tu ed Emily avete messo in piedi il programma per i bambini e l'avete trasformato nel centro diurno migliore in città. Hai quadruplicato le attività sul lago per il nostro resort e adesso sei sposato, con una moglie e un bambino che ti vogliono bene.»

Bran aveva torto. In quel momento Abby lo odiava.

Ma Bran continuò. «Hai anche preso tutto da solo la nostra merdosa, pretenziosa mega villa, bloccata agli anni Ottanta, e l'hai resa fottutamente accogliente.»

«È stata Abby. È lei che ha scelto tutte le finiture.»

«La maggior parte delle finiture non sono nemmeno ancora complete» gli fece notare Bran. «La casa è fantastica perché ci hai pensato tu, idiota. Non sei tu il cattivo. E penso che lo sappia, altrimenti non avresti sposato Abby.»

No? Aveva desiderato Abby ed era pronto a fare qualunque cosa per averla: sistemare la sua auto, pagare la retta di suo figlio al Club dei Bambini, sposarla... Ma la sua testa era così annebbiata in quel momento che non riusciva a capire se fosse per amore o per egoismo.

Per la prima volta nella sua vita aveva cominciato a pensare di aver finalmente trovato una donna con cui poteva stare a lungo termine. Solo che ora si stava chiedendo se non fosse il desiderio egoistico di non essere solo. Forse ciò che provava non era amore.

Ma certo, gli aveva fatto male da morire quando si era guardato indietro e l'aveva vista allontanarsi.

«Rifletti, Hunt» disse Bran, distogliendolo dai suoi pensieri e dai suoi dubbi. «È successo qualcosa di strano negli ultimi giorni?»

«Strano?»

«Hai detto che hanno manomesso la barca. C'era qualcuno di insolito sul molo? Qualcuno che spiccava?»

Hunt gli diede un'occhiataccia. «Gestiamo un resort. Quasi tutti sono degli sconosciuti.»

«Non fare il somaro. Sai di che cosa sto parlando. Qualcuno che sembrava sospetto?»

Hunt stava per scartare l'idea di suo fratello, considerandola paranoia quando un pensiero gli attraversò la mente. «Il nuovo assistente che abbiamo assunto al Club dei Bambini... Non lo conosco bene.»

«E?»

Hunt ripensò alla mattina, quando aveva lasciato Noah al club. «Il tizio nuovo non mi era piaciuto. Non ha detto niente di specifico, ma non è...»

«Non è cosa?»

«Pimpante?» Hunt cercò la parola giusta, ma sembrava l'unica che andasse bene.

«Pimpante» disse Bran. «Di che cosa stai parlando?»

I suoi fratelli lo stavano facendo impazzire quel giorno e lui aveva già abbastanza cose in ballo. «Pimpante, somaro... Effervescente, felice di stare con i bambini.»

L'espressione di Bran cambiò e sembrò capire. «Okay, cominciamo da lì. Noi facciamo colloqui di lavoro a tutti i nuovi dipendenti, quindi anche agli impiegati del Club dei Bambini. Magari sanno qualcosa.»

* * *

Non c'era nessuno quando Hunt tornò a casa dopo l'interrogatorio da parte dei suoi fratelli e dopo aver parlato con la polizia. Andò alla vecchia casa di Abby, quella che avevano svuotato quella mattina, ma il proprietario aveva già cambiato le serrature e l'auto di Abby non era nel vialetto.

Hunt non era riuscito a proteggere suo figlio, ovvio che lei non lo stesse aspettando a casa. Non gli impedì di chiamarla.

Ma Abby non rispose. E nemmeno il giorno dopo.

Hunt vagava per le stanze della casa di famiglia dei Cade come un fantasma, passando accanto agli operai come in una nebbia. Non aveva idea di dove fosse andata Abby e Noah non era al club. Lo sapeva perché ci era andato gli ultimi due giorni, a cercare Noah e ad assicurarsi che il programma proseguisse senza intoppi.

Lewis appoggiò la cartellina sul nuovo ripiano della cucina e gli diede un'occhiataccia. «Dovrò chiederti di andartene.»

«È casa mia» disse Hunt, incredulo.

Lewis scosse la testa. «Non mi interessa. Stai facendo impazzire gli operai e me con quel muso scuro. Si potrebbe pensare che un tizio che ha praticamente ottenuto una casa nuova di pacca in meno di tre settimane sarebbe più eccitato.»

Hunt non aveva parlato a Lewis del dramma al club o quello di aver perso sua moglie e non aveva intenzione di farlo. «Quindi mi stai buttando fuori, così.»

«In pratica» disse Lewis. «Vai a fare qualcosa di utile da qualche altra parte. Sai, al lavoro o con tua moglie. Tra parentesi, dov'è Abby?»

«È occupata» borbottò Hunt.

Guardò la cucina, che era quasi finita e bella da impazzire. Avrebbe voluto che Abby la vedesse, ma ovviamente non era possibile. Perché sarebbe dovuta tornare dal marito che aveva quasi causato la morte di suo figlio?

Se non fosse stato per Hunt, Noah non sarebbe nemmeno stato lì il giorno in cui era successo l'incidente. Era stato Hunt a lasciarlo lì, perché voleva accelerare il trasferimento della sua famiglia nella nuova casa. Ma a chi interessava una casa se non c'era una famiglia a renderla tale?

Doveva raddrizzare le cose, non sapeva come.

* * *

«Hai scoperto qualcosa?» chiese Hunt a Kaylee una volta tornato al club.

Kaylee chiuse gli occhi. «Non ci crederai mai, ma pensiamo sia stato uno dei nuovi dipendenti che abbiamo assunto per il programma dei bambini. Non si è più fatto vivo e sembra che non viva all'indirizzo che ci aveva dato. Inoltre non riesco a mettermi in contatto con le persone che aveva messo come referenze.»

Hunt sentì la faccia diventare bollente e la testa come se stesse per esplodere. «Non avevi controllato le referenze?»

Kaylee storse la bocca, irritata. «Certo che le ho controllate. Ma le sue referenze ora non rispondono al telefono e uno dei numeri risulta disattivato. Chiunque lavori con i bambini deve lasciare le sue impronte digitali e non era saltato fuori niente. Chiunque sia questo tizio, non è mai stato arrestato.»

«Ma non sai se sia stato lui a sciogliere la barca e a legare la leva. È solo un'ipotesi.»

«Beh, sì, ma Bran l'aveva visto sulla barca quel pomeriggio prima che fosse slegata.»

Hunt si passo le dita rigide tra i capelli. «Quindi è tutto indiziario.»

«Sì, signor avvocato, ma direi che le prove siano piuttosto schiaccianti. Sarebbe d'aiuto se tu potessi parlare con Noah per vedere se ricorda qualcosa.»

«Non posso» disse Hunt stringendo i pugni.

Kaylee aggrottò la fronte. «Sta bene?»

«Non lo so. Abby non risponde alle mie chiamate.»

«Pensavo viveste insieme.»

«Sì, ma non è tornata a casa.» Non avrebbe pianto. Era un uomo. I veri uomini non piangevano.

Okay, aveva pianto una volta o due, ma non da quando era un bambino. Cazzo, perché adesso aveva voglia di piangere?

Kaylee gli studiò il volto e spalancò gli occhi. Si avvicinò e lo abbracciò. «Mi dispiace. Vuoi che provi io a chiamarla?»

«No. Aspetta... Sì. Scopri se lei e Noah stanno bene. Non so nemmeno come sta a soldi. O chi si occupa di Noah mentre lei è al lavoro.»

Kaylee sorrise. «Ci penso io. Tu torna a casa e occupati della ristrutturazione.»

Così si era ridotto a quello. Hunt non era riuscito a tenersi sua moglie e aveva bisogno della moglie di suo fratello per riprendere in mano le cose.

Avrebbe voluto sbattere la testa contro il muro. La sua unica consolazione era pensare alla faccia che avrebbe fatto Lewis quando si fosse fatto rivedere alla villa.

Capitolo Ventinove

«**M**amma, mi stai stringendo troppo» disse Noah.

«Mi dispiace» Abby allentò la stretta.

Si era aggrappata a Noah in quegli ultimi giorni, rivivendo ogni momento in cui aveva pensato di averlo perduto per sempre. Non c'era mai stato niente di così terrificante nella sua vita.

Abby si alzò e si strinse le mani. «Hai fame, tesoro? Vuoi qualcosa da mangiare?»

Noah scosse la testa, distratto dalla TV. Abby aveva allentato le redini sul tempo che passava davanti al televisore mentre stavano da Maria.

Maria e la sua compagna di stanza erano al lavoro, ma avevano aperto le porte a Noah e Abby e lei non riusciva nemmeno a immaginare come avrebbe potuto ripagarle. Era riuscita a risparmiare mentre lei e Hunt vivevano insieme ed era ora di trovare una nuova casa, perché non poteva continuare a vivere con Hunt. E non poteva restare per sempre a casa di Maria.

Si strofinò gli occhi, trattenendo le lacrime. Sposare

Hunt era stato un errore. Era stata distratta dai suoi sentimenti per lui e non aveva considerato tutto fino in fondo.

Hunt era una brava persona, ma aveva messo in pericolo il suo bambino, insegnando a Noah come occuparsi della barca. Non sapeva che cosa fosse successo al club quel giorno, ma sapeva che se non fosse stato per il legame che si era formato tra Hunt e Noah la vita di suo figlio non sarebbe stata in pericolo.

Vivian avrebbe saputo dell'incidente e l'avrebbe usato contro Abby. Poi avrebbe accusato Abby di aver sposato un uomo irresponsabile; Abby riusciva a vedere tutto lo svolgimento. Restare sposata a Hunt voleva dire cercare guai.

Abby sapeva che sarebbe arrivata a quello, una scelta tra la felicità e suo figlio. Solo non si era aspettata che fosse il risultato del suo matrimonio con Hunt. O in circostanze così spaventose.

Sentì un nodo allo stomaco mentre camminava avanti e indietro nella piccola cucina di Maria.

Non aveva risposto alle telefonate di Hunt. Non sapeva che cosa dirgli. Avrebbe dovuto porre fine alle cose in modo ufficiale. Dopotutto, prima o poi avrebbero messo fine al loro matrimonio e ora era la cosa più prudente da fare. Ma qualcosa la tratteneva. Per peggiorare le cose, Noah chiedeva continuamente di Hunt.

Abby stava rimandando, ma tutte le volte in cui pensava di lasciare Hunt, si sentiva stringere il petto e gli occhi le si riempivano di lacrime.

Le mancava dormire accanto a lui.

Le mancava parlare con lui della sua giornata e guardarlo con Noah.

Non stare con Hunt sembrava peggiore di tutti gli ostacoli che aveva affrontato mantenendo suo figlio da sola. Come se non valesse la pena di fare niente se lei e Noah non avevano Hunt. Ma non poteva essere giusto, perché la sua vita era ancora più in subbuglio di prima che lo sposasse.

Sentì bussare alla porta e Noah alzò gli occhi. «Mamma?»

«Vado io» disse. «Resta lì.»

Abby girò la chiave e aprì la porta di una fessura. E vide i nonni di Noah. Vivian stava guardando l'appartamento con una smorfia sul volto.

«Nonna!» gridò Noah e corse alla porta.

Abby l'aprì e Noah si buttò nelle braccia di sua nonna.

«Abigail» disse Vivian. «E Noah.» Vivian abbracciò Noah sorridendo. «Come sta il mio nipote preferito?»

Noah rise. «Sono il tuo unico nipote.»

«Ah, giusto» disse Vivian.

Abby si chiese se avrebbero potuto aver un buon rapporto, se Vivian non gliene avesse fatte passare tante dopo la morte di Trevor. Dopotutto, i nonni di Noah gli volevano bene ed erano molto più premurosi dei *suoi* genitori, che non avevano nemmeno mai conosciuto il nipote.

«Ti ho portato un regalo» disse Vivian a Noah e gli consegnò una scatola con l'immagine di un camion.

«Sìììì!» urlò Noah e cominciò a strapparla.

«Non qui, tesoro» disse Vivian. «Aprila in camera mentre tuo nonno e io parliamo con tua madre. Non dimenticare di chiudere la porta.»

Merda. Non prometteva bene.

Abby fece un cenno d'assenso a suo figlio, che l'aveva guardata per avere la sua approvazione. Noah corse via e sbatté la porta dietro di sé. Avrebbe dovuto ricordargli di chiudere piano le porte. Più tardi.

Andò verso il divano e si sedette, indicando ai nonni di Noah di fare lo stesso. «Va tutto bene?»

Vivian guardò suo marito. «Abbiamo sentito dell'incidente al resort dove lavora tuo marito. Perché non ce l'hai detto?»

Abby deglutì. «Gli assistenti hanno chiesto immediatamente aiuto e tutto è andato bene.» Non *bene*. Abby avrebbe avuto gli incubi su quel pomeriggio per il resto della sua vita, ma Noah era salvo. Era tutto ciò che contava.

«Ci hanno detto che il programma dei bambini aveva perso nostro nipote. Che Noah era scappato ed era salito su una barca e l'aveva guidata nel lago. Avrebbe potuto morire. A quanto pare, tuo marito ha saltato irresponsabilmente il lavoro quel giorno e il personale non era sufficiente.»

Abby non riusciva a immaginare Kaylee, o nessun altro degli assistenti del Club dei Bambini, riferire una cosa simile su Hunt, ma era ovvio che la visita di Vivian aveva uno scopo. «È stato un incidente. In effetti, è stato Hunt quello che ha salvato Noah. A Noah piace passare il tempo al club. Sono sicura che metteranno in atto altre salvaguardie per impedire che succeda di nuovo.»

«Hanno perso mio nipote, Abby. Tuo figlio.»

Abby lasciò uscire lentamente il fiato. Sapeva che Vivian non avrebbe mai ceduto. «Nessuno ne è più conscia di me.»

Vivian guardò suo marito e poi tornò a rivolgersi ad Abby. «Cara, so che abbiamo avuto dei disaccordi, ma ascoltami. Vorremmo aiutarti.»

Aiutarla? Non le avevano mai offerto aiuto. E quando lo aveva chiesto, avevano sempre rifiutato e avevano reso le cose più difficili per Abby.

«Vorremmo toglierti tutte le responsabilità finanziarie che hai affrontato dopo la morte di Trevor. È il motivo per cui hai sposato quell'uomo, no?»

Abby non rispose. Non era brava a mentire. Inoltre non

era più sicura dei motivi per cui aveva sposato Hunt. Temeva fosse per qualcosa di più della sicurezza e la protezione di Noah. Hunt le piaceva e lo voleva per sé.

«Non rispondere adesso» disse Vivian. «Ascolta e basta. Vorremmo coprire tutte le spese di Noah: scuole private, abiti, cibo, alloggio.»

«Non capisco» disse Abby. «Non avete mai offerto il vostro aiuto prima d'ora.»

Vivian arricciò le labbra. «Non è stato gentile da parte nostra. Quando abbiamo saputo che il nostro unico nipote avrebbe potuto essere ferito seriamente, ci siamo seduti e abbiamo parlato di come avremmo potuto impedire una situazione così spaventosa. Se Noah vivesse con noi...»

«Se vivesse con voi?» Abby balzò in piedi. «No.»

Vivian si alzò, ma la sua espressione era gentile. «Non vogliamo portarti via Noah, Abby.»

Abby alzò le braccia. «Ma volete che viva con voi. Qual è la differenza?»

«Potresti venire a trovarlo tutto le volte che vuoi e avremmo la custodia congiunta. Ma sarebbe sotto la nostra custodia fisica.»

Abby stava per obiettare, scortesemente, quando Vivian le mise una mano sul braccio. Le ci volle tutta la sua forza di volontà per non strappare via il braccio. «Ti giuro che non sto cercando di portarti via Noah» disse Vivian. «Voglio veramente aiutarti. Ma sarebbe più facile se vivesse a casa nostra. Abbiamo tanto da offrirgli. La migliore educazione che i soldi possono comprare. Tutto quello di cui ha bisogno.»

Intendeva dire finanziariamente. I genitori di Trevor erano ricchi. Avrebbero potuto dare a Noah una vita che Abby non sarebbe mai stata in grado di offrirgli. Non da sola. Avrebbe sempre dovuto dipendere da qualcun altro.

Pensare di finire di laurearsi e riuscire a provvedere a suo figlio era sempre stata una chimera. Sarebbe sempre stata con l'acqua alla gola.

Dio, lo stava veramente prendendo in considerazione?

Quando ci pensava, non poteva fare a meno di chiedersi se non si stesse comportando da egoista, aggrappandosi a Noah quando i suoi nonni potevano offrirgli tanto di più. Se Vivian non stava mentendo e Abby avrebbe potuto far visita a Noah tutte le volte che voleva, poteva essere un modo per lei di assicurarsi che suo figlio avesse tutto il necessario e facesse ancora parte della sua vita. «Non lo so.»

Vivian sorrise. «È tutto ciò che volevo. Che ci pensassi. Prenditi tempo.» Andò verso la porta con il silenzioso marito al fianco.

Il nonno di Noah rivolse ad Abby un sorriso gentile.

«Ci metteremo in contatto» disse Vivian e uscì, con il marito dietro di lei.

Abby si lasciò cadere sul divano. Per la maggior parte della vita di Noah si era sentita un fallimento come madre. Avrebbe dovuto insistere che Trevor facesse testamento o creasse un fondo fiduciario in modo da provvedere a Noah. Avrebbe dovuto insistere che si sposassero. Qualunque cosa sarebbe stata preferibile al perdere Trevor e rischiare la sicurezza di suo figlio.

Ma rinunciare a Noah? Anche se si trattava solo della custodia fisica, il pensiero la fece rannicchiare in posizione fetale.

Non credeva di riuscire a farlo. Ma non sapeva nemmeno se avrebbe potuto obbligare Noah a crescere nello stesso stile in cui era cresciuta lei. Finanziariamente a terra. Genitori che lavoravano giorno e notte. Troppo tempo da solo.

Abby voleva qualcosa di meglio per suo figlio.

Capitolo Trenta

Hunt riuscì finalmente a rintracciare l'indirizzo di Maria, l'amica da cui stava Abby. E appena in tempo. Stava perdendo la testa, passando da una stanza all'altra della casa oramai finita, senza riuscire a dormire o mangiare, preoccupatissimo per Abby e Noah. Temeva anche di aver perso per sempre la sua famiglia. Perché Noah e Abby *erano* la sua famiglia.

Non era previsto che Hunt e Abby restassero sposati. Non era previsto che lui l'amasse ma in qualche modo, man mano che il tempo passava, si era innamorato della dolce e sexy madre single del suo bambino preferito al club. Quasi si chiedeva se non fosse successo la sera in cui l'aveva incontrata al club, prima di sapere che era la mamma di Noah.

Abby non assomigliava a nessun'altra. Era forte e coscienziosa ed era perfetta tra le sue braccia. Tutto ciò che sapeva era che la voleva nella sua vita, in modo permanente. Hunt non voleva vivere un altro giorno senza la sua famiglia. Era il motivo per cui stava andando a casa di Maria per umiliarsi e fare qualunque cosa fosse necessaria per riavere sua moglie e Noah.

Abby l'aveva lasciato. Non l'aveva detto apertamente, ma se n'era andata e lui temeva che fosse per sempre. Ora che sapeva che cos'era realmente successo il giorno dell'incidente, era in grado di pensare razionalmente, senza permettere agli errori del passato di annebbiargli il giudizio. L'incidente non era stato colpa sua, anche se lui si assumeva la sua parte di responsabilità per qualunque cosa succedesse al molo e sulla spiaggia. Ma con Abby aveva sbagliato in un altro modo.

Non le aveva mai detto che cosa provava per lei. Che voleva di più. Che era pronto per qualcosa di più.

Hunt salì le scale fino al secondo piano della palazzina dove Abby viveva con Noah. Controllò il numero sulla porta che gli aveva dato Kaylee, che aveva rintracciato i nonni di Noah ed era riuscita astutamente a scoprire dove stava Abby, poi bussò.

Abby aprì, indossando la sua divisa.

Era incredibile e Hunt avrebbe voluto prenderla tra le braccia e affondare la faccia nei suoi capelli. Invece si limitò a dire: «Ciao».

«Ciao.» Abby guardò alle spalle di Hunt. «Come mi hai trovato?»

«Tramite i nonni di Noah.»

Abby aggrottò la fronte. «Ti hanno dato il mio indirizzo?»

«Non esattamente. Kaylee è riuscita a farselo dare. Posso entrare?»

«Oh, certo.» Abby fece un passo indietro. «Scusa, ero solo sorpresa di vederti.» Lo guardò dalla testa ai piedi e Hunt sentì quello sguardo come fosse un contatto. *Maledizione.* «È bello vederti» gli disse Abby.

Hunt si sforzò di non prenderle la mano. «È bello vedere anche te, stai bene? Noah sta bene?»

«Stiamo bene. Noah è andato al supermercato con Maria. Lo curerà lei mentre io faccio un turno extra.»

Hunt annuì. Non gli piaceva che Abby lavorasse di nuovo più ore, ma almeno sia lei sia Noah erano al sicuro. «Bene, bene. Abby…»

«Hunt» disse lei allo stesso tempo.

«Prima tu» le disse Hunt.

Abby attraversò il piccolo soggiorno e andò a sedersi sul divano, indicandogli si sedersi anche lui. «Scusami. Avrei dovuto chiamarti.»

«Va tutto bene. So quanto fossi arrabbiata con me.»

Abby si torse le mani. «Lo ero. Finché mi sono resa conto che non era interamente colpa tua. Sbagliavo nell'addossarti tutte le colpe. Ho sbagliato sposandoti.»

Hunt alzò una mano. «Aspetta, rimpiangi ciò che abbiamo condiviso?»

Abby aprì la bocca. «Beh, non esattamente. Ritengo solo che sia stato incredibilmente egoistico scaricarti addosso il peso mio e di Noah.»

«Non è un peso, se lo volevo io.»

Abby scosse la testa, abbassando gli occhi. «Volevi aiutarci…»

«No. Mi sono innamorato di te.»

Abby rialzò la testa di scatto. «Cosa?»

«Ti amo. Adoro la tua fottuta divisa.» Fissò il suo corpo. Quando riportò lo sguardo bollente sul suo viso, Abby era arrossita. «Mi piacciono i tuoi zoccoli e perfino i tuoi piedi freddi.»

«Non hai mai detto niente dei miei piedi freddi.» Abby si coprì la faccia con la mano. «Avresti dovuto dirmi che ti davano fastidio.»

«Perché avrei dovuto farlo? Adoro i tuoi piedi e tutto il

resto di te. Il modo in cui abbracci tuo figlio. Il modo in cui entri in una stanza, timida e dolce. E adoro i suoni che fai quando sono dentro di te...»

Due dita si staccarono mostrando gli occhi, e le palpebre erano semi abbassate. Abby stava pensando alla loro camera e a tutte le volte in cui avevano consumato il loro finto matrimonio.

«Il nostro matrimonio può anche essere cominciato per convenienza... Io volevo impressionare i miei fratelli e tu avevi bisogno di sicurezza, ma io ti desideravo e mi sono innamorato di te una volta sposati.»

Abby lasciò cadere la mano. «Hai perso la testa.»

«Sì, da quando tu e Noah ve ne siete andati. Chiedi a Lewis. Testimonierà riguardo la mia pazzia in questi ultimi giorni.»

«Hunt.» Abby sospirò come se fosse addolorata. «Voglio stare con te, ma non posso correre rischi. L'incidente con la barca... E Vivian. Userà l'incidente e qualunque altra cosa riesca a trovare contro di me. Non finirà mai, nemmeno se resteremo sposati.»

«Vivian non può usare l'incidente contro di te» disse Hunt. «Qualcuno ha sciolto la barca dal molo e la polizia sta indagando. Nessuno crederà che sia stata colpa tua o mia.» Hunt si strofinò la fronte. «Abby, c'è ancora molto da dire, ma fidati quando ti dico che non c'è niente che Vivian potrebbe usare contro di te.»

Hunt si mise su un ginocchio, vicinissimo a lei. «Per favore, torna. Non stare con te e Noah mi sta uccidendo. Mi libererò delle barche, metterò telecamere dappertutto per tenere Noah al sicuro, qualunque cosa tu voglia. Solo, non divorziare da me.»

Abby sbatté gli occhi. «La barca su cui è stato intrappolato Noah era stata sciolta *intenzionalmente?* E, aspetta... Andare in barca è la cosa che preferisci al mondo. Perché ci rinunceresti?»

«Sei tu la cosa che preferisco al mondo. E rinuncerei a tutto pur di stare con te.»

Abby si accorse della sua posizione, su un ginocchio. «Mi stai chiedendo di sposarti?»

«Ovviamente no» rispose Hunt. «Siamo già sposati.» Le rivolse un sorriso diabolico e l'attirò tra le braccia. «Allora, che ne dici?»

«Non so che cosa dire, perché siamo già sposati» rispose Abby in tono sbarazzino.

Hunt rise e si staccò quel tanto che bastava a prenderle le mani. «Abigail Cade, vuoi sposarmi?»

Abby fece una pausa. Un po' troppo lunga per la salute mentale di Hunt. «Non sono sicura che le cose possano peggiorare più di quanto siano senza di te. Sia Noah sia io siamo stati tristissimi.» E poi Abby sorrise, un sorriso che arrivò fino agli occhi. «Sì, ti sposerò. La vita non è bella senza di te, Hunt Cade.»

Hunt pensava di essere *lui* la persona più eccitata all'idea di tornare finalmente con la sua famiglia nella villa dei Cade, ora casa sua e di Abby, ma si sbagliava.

Noah lo abbracciò in fretta prima di lanciarsi a correre per tutta la casa, toccando i nuovi elettrodomestici e la vernice sulle pareti. E lasciando il segno, ovviamente.

«Noah» disse Abby. «Non si mettono le mani sulle pareti.»

«Non m'importa» disse Hunt e la tirò tra le braccia.

«Questa sarà una casa dove i bambini possono vivere, giocare e fare casino.»

Sentirono Noah urlare e un rumore che faceva pensare che stesse saltando su uno dei letti al piano di sopra.

Abby fissò per un attimo il soffitto. Poi si guardò intorno. «È così bella. Non riesco a credere che sia venuta così bene.»

«Hai fatto un ottimo lavoro» sussurrò Hunt e le baciò il collo. Dio, gli era mancato il suo profumo, il suo sapore.

Aspettare che finisse il suo turno prima di portarla lì era stata una tortura. Abby si era rifiutata di darsi malata, quindi lui aveva dato una mano a Maria portando Noah a pescare.

«Forse dovremmo controllare la nostra camera» mormorò.

Abby sospirò. «Non possiamo. Noah è sveglio.»

Hunt alzò gli occhi, calcolando. «A che ora va a letto quel bambino?»

«Tra circa quattro ore. Puoi aspettare così a lungo?» disse Abby ridacchiando.

«No.»

«Hunt!»

«Bene» disse fingendo di sospirare. «Posso aspettare. Vieni.» La tirò per una mano. «Tanto vale che ci guardiamo intorno mentre mi lasci a struggermi.»

Suonò il campanello.

Abby guardò Hunt. «Aspettavi qualcuno?»

«Nessuno. Ho detto ai miei fratelli di stare alla larga.»

Abby gli strinse la mano. «Ragazzaccio.»

Hunt si mise a ridere. «È stata la cosa più intelligente che abbia fatto. Altrimenti sarebbero qui a tormentarmi e a impedirmi di fare così.» Si chinò e la baciò, finendo con un piccolo morso all'angolo della bocca di Abby.

Hunt alzò la testa, e gli occhi di Abby erano annebbiati.

«Okay, adesso sono io che mi struggo» gli disse.

«Bene.» Andò alla porta. «Possiamo darci da fare appena Noah si addormenterà.»

Hunt aprì la porta. Sul pianerottolo c'erano un uomo anziano e Vivian, entrambi con un'espressione accigliata.

Meraviglioso, pensò Hunt e sospirò. «Posso fare qualcosa per lei?» chiese alla nonna di Noah.

«Lei è quell'uomo» esclamò Vivian.

Hunt rise. «Sì, sono un uomo.» Guardò la persona accanto a lei. «Vedo che anche lei ne ha uno.»

«Non sia ridicolo» disse Vivian, entrando a forza.

«Vivian?» disse Abby. «Perché sei qui?»

«Avevamo un accordo. Nostro nipote sarebbe vissuto con noi.»

Abby strinse gli occhi. «Ho detto che ci avrei pensato.»

Vivian raddrizzò la schiena. «E hai deciso?»

«Sì. Noah resterà con me. Vivremo qui, con mio marito. Questa è la nostra nuova casa.» Abby allargò le braccia. «Mio marito e io possiamo dare a Noah tutti i beni materiali e l'educazione di cui ha bisogno. E amore. Riceverà tanto amore da non sapere che farsene.»

Hunt si avvicinò e mise il braccio intorno alla vita di Abby. «Aveva bisogno di qualcos'altro?»

Vivian gli puntò il dito addosso. «Quest'uomo ha quasi fatto uccidere nostro nipote, Abby. È il responsabile delle barche, inclusa quella su cui era intrappolato Noah.»

«Che cos'altro vi hanno detto di quel giorno?» chiese Hunt.

Vivian sbuffò. «Solo che lei è il responsabile e che gente come quel Donovan, che curava i bambini, non è affidabile. Abby ha messo nostro nipote in una situazione pericolosa, lasciandola nel vostro centro diurno, e abbiamo informato i servizi sociali.»

Hunt si guardò attorno. «Non vedo i servizi sociali qui. Immagino che non siano preoccupati.»

«Ora, senta...» cominciò a dire Vivian.

«No, non credo di voler sentire» disse Hunt.

«Hunt?» si intromise Abby.

Hunt abbassò lo sguardo su di lei e le strinse la vita. «Non abbiamo avuto tempo di parlare dei particolari, ma ho fatto delle indagini mentre tu eri via. Ho scoperto alcune cose che dovresti sapere.» Guardò i nonni di Noah. «La prima è che i genitori di Trevor avevano ingaggiato una persona perché si facesse assumere come assistente al Club dei Bambini. Altrimenti come avrebbero saputo come si chiama? Io non l'ho mai detto.»

Abby guardò Vivian. «È vero?»

Vivian strepitò per un momento. «Non fidarti di quello che dice quest'uomo. Non riesco a credere che sia tornata con lui. Avevo sperato che trasferendoti con la tua amica saresti tornata in te.»

«Ho assunto un investigatore privato» disse Hunt. «È così che il club ha rintracciato questo Donovan. I nonni di Noah lo avevano assunto perché lavorasse al Club dei Bambini per farlo sembrare un posto poco sicuro. Quel giorno, Donovan aveva visto Noah che lucidava la barca» continuò Hunt. «Appena Noah è salito a bordo per riporre gli stracci, Donovan ha slegato la barca. Aveva aspettato che non fossi nei paraggi e aveva legato in anticipo la leva dell'acceleratore. È lui la persona che ha fatto quasi uccidere vostro nipote.»

«No» disse Vivian, diventando pallida. «È impossibile.»

«Impossibile che lo abbiate assunto o impossibile che

abbia "aggiustato" le cose? Perché abbiamo la sua confessione.»

Vivian aprì e chiuse la bocca. Guardò suo marito che aveva la stessa espressione preoccupata. «Non gli abbiamo mai detto di slegare la barca.»

«Ma l'avete ingaggiato perché lavorasse al Club dei Bambini?»

«Sì» rispose Vivian, seccamente. «Per tenere d'occhio Noah.»

«E, da quanto ha confessato,» disse Hunt, «per far sembrare che il club e sua madre fossero negligenti.»

Vivian restò in silenzio. Fu suo marito, il nonno di Noah, che parlò. «Non avremmo mai fatto quell'accordo se avessimo saputo che Noah o qualunque altro bambino avrebbe potuto farsi male. È sicuro che sia stato Donovan?»

«È stato colto a mentire e ha confessato tutto» disse Hunt. «Ha detto alla polizia che vi siete conosciuti in chiesa.»

Il nonno di Noah prese Vivian per il gomito. «Vieni, Viv. Lasciamoli soli.»

Lei si tirò indietro. «No, si sbaglia. Donovan non avrebbe mai fatto una cosa simile. È quest'uomo che ha messo in pericolo Noah.»

Hunt si eresse in tutta la sua statura. «Proteggerei Noah con la mia vita.»

Il nonno insistette per farsi seguire fuori da Vivian, che si voltò e disse: «Vi contatteranno i nostri avvocati».

Hunt chiuse la porta alle loro spalle e Abby lo guardò, spaventata. «Sei sicuro riguardo a questo Donovan?»

«È stato arrestato dopo la sua confessione. Sì, sono sicuro.»

«Ma Vivian e i suoi avvocati...» Abby guardò la porta da dove erano usciti i nonni di Noah.

«Non preoccuparti di loro. Sono in contatto con i nostri avvocati da prima che ci sposassimo. Sanno tutto. I nonni di Noah non hanno nessun appiglio legale. Non l'hanno mai avuto. Non possono portarti via Noah. E se tu deciderai di denunciarli, sarà possibile ottenere un ordine restrittivo per impedire loro di vedere Noah.»

«No» disse Abby. «Ferirebbe Noah e non voglio che perda l'unica parte di suo padre che gli resta. Non è gente cattiva, solo terribilmente triste dopo aver perso il figlio. Sono cambiati dopo la sua morte.»

Hunt la prese tra le braccia. «Allora non lo faremo. Ma voglio che tu sappia che non dovrai mai più avere paura di loro. E che io sono qui per te.»

Abby lo guardò negli occhi. «Ti amo, Hunt Cade.»

Il sorriso di Hunt era il più ampio che Abby avesse mai visto. «Io ti amo, Abby Cade. Ehi, guarda, non dovrai nemmeno cambiare nome dopo il nostro prossimo matrimonio, dato che l'hai fatto la prima volta in cui ci siamo sposati.»

Abby sorrise. «Come ho fatto a conquistare un marito così sexy e intelligente?»

«Sono stati gli zoccoli di gomma.»

Abby rise. «Se avessi pensato che quegli zoccoli mi avrebbero fatto conquistare l'uomo più sexy della città, li avrei portati più spesso.»

«Quanto manca all'ora di mettere a letto Noah?» chiese Hunt.

Abby guardò il suo telefono. «Tre ore e quindici minuti.»

Hunt sospirò. «Oh, immagino di poter aspettare così tanto.»

«Oppure» disse Abby. «Potremmo mettere su un film per Noah e filarcela di soppiatto.»

Hunt socchiuse gli occhi. «Sei la donna più astuta che abbia mai sposato. *Sì*. Subito.» L'afferrò e se la buttò sopra la spalla mentre Abby rideva.

«Sono l'unica donna che abbia sposato, Neanderthal!» Gli schiaffeggiò il sedere mentre saliva la scala con lei.

«Neanderthal o no, sono stato abbastanza furbo da scegliere te. E, per la cronaca, preferisco *pirata*. Ho il mio bottino e non ho intenzione di lasciarlo andare.»

Capitolo Trentuno

Abby mise su un film per Noah, ma suo figlio era così chiacchierino ed eccitato che lei e Hunt decisero di unirsi a lui e farsi consegnare la cena.

Ore dopo, Hunt chiuse la porta della loro stanza. «Finalmente soli.» Le rivolse un'occhiata bollente.

Abby si guardò attorno con indifferenza, come se non la toccasse. «Questa è la stanza padronale?»

Hunt si tolse la maglia e ad Abby mancò il fiato. «Può diventarlo» disse. «Ma ci sono altre quattro camere con bagno a questo piano. Questa non è la più grande ma è quella con la vista migliore.»

Abby guardò fuori dalla finestra che dava sul cortile e la casa sull'albero. «Così possiamo guardare Noah che gioca?»

«Sì, e gli altri nostri figli.»

Abby si soffocò con la saliva. «Altri figli? Per quanto ne so, ne ho solo uno.»

Hunt la tirò verso di sé, togliendole il top mentre lo faceva. «Stavo pensando che ce ne servono ancora uno o due. E voglio adottare ufficialmente Noah. Con la tua approvazione.»

Abby alzò un dito. «Arriveremo alla faccenda di figli tra un momento. Che cosa significa che vuoi adottare Noah?»

Hunt le tenne il volto tra le mani. «Non voglio che tu ti debba mai più preoccupare per lui, qualunque cosa possa succedere a me. Voglio adottare Noah e creare un fondo fiduciario per lui.»

Le si riempirono gli occhi di lacrime. «Sei il donnaiolo più scadente del pianeta.»

Hunt si tirò comicamente indietro di scatto. «Non è quello che *ha detto lei*.»

«Oltretutto con uno stantio umorismo da anni Novanta. Oh, Hunt, lo faresti veramente per Noah?»

Lui la baciò. «Lo farei per te, per me e sicuramente per Noah. Voglio bene a quel bambino come se fosse mio figlio.»

Abby lo baciò, passandogli le mani sulla schiena. «Mi piacerebbe che adottassi Noah.»

Hunt le slacciò il bottone dei jeans. «Adesso che questa faccenda è sistemata, che ne dici dell'altra mia proposta?»

Il suo reggiseno era sparito. Come diavolo aveva fatto a toglierglielo? E stava facendo di nuovo quella cosa con le dita sui suoi capezzoli. «Mmm? Che proposta?»

«Uno o due bambini.»

Quello fece uscire Abby dalla nebbia del desiderio. «Non abbiamo nemmeno avuto la nostra seconda cerimonia nuziale.»

«Okay, quindi non subito. Probabilmente vorrai laurearti prima. Anche se insisto che scelga di fare lezione più tardi al mattino. Quell'orario interferisce con la nostra vita sessuale.»

«Okay per le lezioni più tardi» disse Abby ridendo. «Erano decisamente piuttosto brutali anche per me.»

«E il bambino?»

Abby strinse gli occhi. «Ci penserò. Innanzitutto

vediamo che cosa succederà qui. Devo essere sicura che stiamo facendo la cosa giusta.»

Hunt l'afferrò e la buttò sul letto. «Moglie insolente. Ti mostrerò io come si fa.»

Hunt si lanciò sopra di lei, che tentò di farlo rotolare per mettersi sopra, ma era come spostare un masso.

«Rotola, marito. Voglio montarti.»

Hunt allargò le narici. «Mi piace quanto parli sconcio.»

Hunt si girò, Abby gli andò sopra e si guardò attorno. «Mi piace stare quassù. Mi fa sentire potente.» Passò le mani sul torace di Hunt, girando intorno ai capezzoli come faceva lui per torturarla.

Hunt si mise le braccia dietro la testa. «Mi piace una donna che sa quello che vuole.»

Era così spavaldo... Abby scese più in basso e gli aprì la patta dei jeans.

Hunt tirò il fiato, un po' tremolante. «Sentiti libera. Non ti fermerò.»

Abby gli diede un'occhiata diabolica e lasciò una scia di baci lungo il torace. «No? Beh, allora ne approfitterò.»

Prima che raggiungesse la parte bassa dello stomaco, tutti i muscoli di Hunt erano contratti.

Si schiarì la voce. «Non pensi che dovresti toglierti il resto dei vestiti?»

«Scusami?» disse Abby. «Sono io quella che comanda.»

Lui alzò una mano. «Oops. Continua pure.»

«È quello che ho intenzione di fare, grazie tante.» Infilò le mani nei jeans e gli fece passare la mano lungo il sesso.

Hunt tirò indietro la testa. «Merda.»

«Sì?» disse Abby. «Hai detto qualcosa?»

«Niente» mormorò Hunt con la voce soffocata, mentre lei passava il pollice sulla punta della sua erezione.

Abby si sedette più in fondo e abbassò i jeans e i boxer di Hunt, che guardò in basso.

«Sembri preoccupato, marito» disse baciandogli la coscia.

«Preoccupato?» disse Hunt, distratto. «No, no... Mi sto solo godendo la vista.»

Abby sorrise e lo leccò dalla base alla punta. «Anch'io.»

Hunt mugolò, spalancando gli occhi. «Non ci riesco.» Si mise seduto, tirandola verso l'alto. «Troppo tempo. Dentro te. Bene?»

«Sì, cavernicolo» gli disse ridendo. «Proveremo di nuovo quando il tuo cervello di sopra starà funzionando e riuscirai a pronunciare frasi complete.»

Hunt grugnì e passò la lingua intorno al suo capezzolo, spostando le mani dentro i pantaloni di Abby con le dita che passavano intorno e si tuffavano in tutti i punti che l'avrebbero fatta esplodere.

Hunt cambiò la posizione, lui di sopra, e le tolse i pantaloni e le mutandine. Si mise tra le sue gambe. «Cominciamo ad allenarci a fare i bambini.» E sprofondò nel suo corpo.

Abby gridò per la sensazione di pienezza, per il piacere.

Hunt le sollevò una gamba e toccò un punto in profondità con la spinta successiva che le fece agitare spasmodicamente la testa. «Resta con me, donna, altrimenti finirò in fretta. Se cominci tu, poi comincio anch'io...»

Troppo tardi.

L'orgasmo la colpì e si aggrappò a Hunt. Lui la seguì un secondo dopo, spingendosi dentro di lei e mugolando il proprio orgasmo.

Quando il suo respiro si calmò, Hunt alzò la testa. «Accidenti, è stato troppo veloce. Secondo round?»

Epilogo

Per la loro seconda cerimonia nuziale, la sposa era vestita di rosa. «Sei bellissima» disse Hunt baciando sua moglie.

Avevano appena pronunciato i loro voti e camminato lungo lo stretto corridoio dello yacht e, anche se i voti di Hunt, la prima volta, erano stati sinceri, questa seconda volta avevano un maggiore significato.

Hunt e Abby per la vita, e non poteva essere più felice.

«Grazie, marito» disse Abby, sostenendosi la pancia rotonda. «Il bambino ha scalciato per tutta la cerimonia. Penso che sapesse che eravamo su una barca sul lago per la prima volta.»

Hunt toccò la pancia di sei mesi di sua moglie. Abby avrebbe voluto aspettare un anno o due prima di avere un figlio, ma la natura e gli ormoni avevano prevalso. «Bravo ragazzo, e non sa ancora che passeremo molto più tempo sul lago in futuro. Cioè, per il resto della sua vita.»

«Sorridete» disse il fotografo e Abby e Hunt sorrisero, lui con un braccio intorno alla vita della moglie, protettivo come sempre.

Abby storse le labbra. «Saranno le mie uniche foto del matrimonio e ho le dimensioni di una mongolfiera.»

Hunt fece una smorfia. «La prima volta avevo dimenticato di assumere un fotografo. Ma pensaci, nostro figlio sarà in tutte le fotografie. Ne sarà felice.»

Gli occhi di Abby scintillarono. «Continui a dire che sarà un maschio.»

Hunt si chinò e la baciò sulla bocca. «È perché vorrei una bambina, ma dato che i miei genitori hanno avuto tutti maschi, sono sicuro che avrò anch'io la stessa sventura.»

«Sventura» sbuffò Abby.

«Sarò generosamente sventurato» si corresse Hunt.

«E che cosa diavolo vorrebbe dire?»

Sposato da qualche minuto e stava già facendo del suo meglio per finire a dormire nella cuccia del cane. «Hai visto come siamo i miei fratelli e io insieme.»

«Affettuosi, sì. L'ho visto.»

Hunt le diede un'occhiata. «Non è esattamente come avrei descritto il mio rapporto con i miei fratelli, ma okay. Comunque, se tu e io avremo un maschio, la genetica non è a nostro favore. Non sono sicuro che la tua bellezza e il tuo cervello riusciranno a superare lo sperma maschile dei Cade e il suo bisogno di dominare.»

«Tuo fratello ha avuto una bambina» gli fece notare Abby.

«Già.» Hunt si strofinò il mento. «È stato uno strano evento. Sono sicuro che non si ripeterà.»

Il fotografo si posizionò per fare un'altra foto e Hunt si voltò nella sua direzione.

«Bene,» disse Abby, «ti sbaglieresti. Avremo una bambina.»

Hunt restò a bocca aperta e fissò la moglie che sorrideva

accanto a lui. Clic. Clic. Clic. Il fotografo colse quel momento.

«Cosa?»

«Non ti sei chiesto il perché del colore del mio vestito?»

Hunt guardò in basso. «È rosa pallido. Pensavo che avessi scelto un colore tenue, per la seconda cerimonia.»

«Sì, ma rosa?» Abby aveva gli occhi che scintillavano.

«Ma... Come?»

Abby salutò con la mano gli ospiti dall'altra parte dello yacht che avevano affittato per il matrimonio. Avevano detto a tutti che era per festeggiare nuovamente il loro amore. Gli ospiti stavano anche aspettando che si sbrigassero e finissero di fare le fotografie. «Immagino che sia stata una delle centinaia di volte in cui mi hai svegliato nel mezzo della notte, o la mattina prima che si svegliasse Noah, o dopo che Noah era andato a letto per...»

«Ho capito» disse Hunt ridendo. I suoi girini sapevano nuotare e non poteva essere più fiero del suo potente sperma virile. Specialmente di quello che creava le bambine. «Ma quando l'hai scoperto?»

«Oh, circa un mese fa.»

«Un mese! Lo sai da un intero mese e non me l'hai detto?»

«Volevo aspettare il momento perfetto.» Si guardò attorno. «Adesso è il momento perfetto. Vuoi fare tu gli onori e condividere la lieta notizia?»

Hunt risucchiò il fiato tremante. Una bambina. Avrebbero avuto una bambina. Sbatté gli occhi per scacciare le lacrime e baciò sua moglie. Appassionatamente. Alzò la testa e guardò il suo bel viso. «Ti amo.»

«Ti amo, Hunt Cade, uomo dai molti talenti.»

Hunt si voltò verso la folla di amici e famigliari, incluso i nonni di Noah e perfino i genitori di Abby, che Hunt aveva fatto venire in volo.

Alzò il pugno in aria. «È una bambina!»

Gli ospiti gridarono *urrah* e i fratelli di Hunt si avvicinarono per dargli pacche sulla schiena.

«Benvenuto nel club» disse Wes.

Levi si avvicinò e restò fermo, imbarazzato, per un momento. E poi suo fratello fece la cosa più strana che Hunt avesse mai visto. Si staccò da Emily e abbracciò Hunt. «Congratulazioni.»

Cazzo. Se Hunt non fosse già stato così emozionato per la notizia sulla bambina, adesso stava veramente faticando a trattenere le lacrime. «Grazie.»

«Ero preoccupato» disse Levi. «Sembrava che non fosse il caso.» Guardò Abby, alle spalle di Hunt. «Ti prendi veramente cura di tua moglie. Sarai anche un ottimo padre.»

In quel momento Hunt si rese conto di una cosa. Levi sbraitava quando era spaventato o stressato. Il suo caratteraccio, il modo in cui aveva sempre parlato con Hunt, in tutti quegli anni, erano dovuti alla paura.

Uh. Spiegava tante cose.

Hunt non vedeva l'ora che Levi ed Emily avessero un figlio. Levi avrebbe perso la testa la prima volta in cui il bambino avesse avuto la febbre, o fosse caduto, o si fosse fatto male in qualunque modo.

Emily abbracciò Hunt e lei e Abby si organizzarono per trovarsi dopo qualche settimana, poi si avvicinarono i nonni di Noah.

«Siamo così contenti di avere un altro bebè in famiglia» disse Vivian, con il nonno di Noah che sorrideva al suo fianco.

Non era servito un avvocato perché i nonni di Noah

cambiassero idea. Più che altro qualche giorno passato a riflettere sulle loro azioni e come avessero messo in pericolo la vita del nipote. Erano anche tornati per chiedere scusa e fare ammenda.

All'inizio Abby era diffidente, ma negli ultimi mesi Vivian e suo marito erano andati alla proprietà dei Cade, ora nota come "Il castello di Noah" e avevano passato del tempo con Abby, Hunt e Noah, come una vera famiglia. Avevano perfino cominciato ad andare da uno psicologo per superare la perdita del figlio. Avevano chiesto perdono e la moglie di Hunt, spirito generoso, l'aveva immediatamente concesso.

Ciò che li aveva stupiti era l'eccitazione dei nonni di Noah quando Abby e Hunt avevano annunciato che avrebbero avuto un figlio. Sembrava che Vivian lo considerasse un altro nipote, e a Hunt e Abby stava bene così.

I genitori di Hunt erano morti e quelli di Abby si rifiutavano di lasciare casa loro per più di un lungo fine settimana. I nonni di Noah facevano parte delle loro vite, apparentemente nel modo giusto, e non era mai troppo l'amore da dare a un bambino.

Hunt si riteneva benedetto un milione di volte.

Stava mescolandosi con gli ospiti, ficcandosi cibo in bocca e tenendo d'occhio la moglie incinta, quando si avvicinò Esther.

«Caro ragazzo» disse, abbracciandolo forte. Gli tenne le braccia e si tirò indietro. «Sono così felice per te. Sapevo che un giorno la donna giusta ti avrebbe domato.»

Interessante. Hunt non aveva mai immaginato di trovare una donna che avrebbe potuto amare e tenere allo stesso tempo. «Lo sapevi davvero?»

Esther sorrise calorosa. «Chiamalo l'intuito di una

madre surrogata. C'era qualcosa di strano nell'aria quando ho partecipato al tuo primo matrimonio con Abby, ma questo è quello vero.» Gli tese una busta. «Questa è per te.»

Solo Esther poteva annusare la verità. «Grazie, Esther. E grazie per aver partecipato al mio secondo matrimonio con Abby» le disse ammiccando.

«Ci sono sempre per voi ragazzi. Sieti i figli che non ho mai avuto.»

Un uomo si avvicinò a Esther e le toccò la schiena. Poi allungò la mano e strinse quella di Hunt. «Congratulazioni. La tua sposa è adorabile. Sei un uomo fortunato.»

«Proprio così.»

«Altro champagne?» chiese l'uomo a Esther.

Lei annuì e lui si allontanò, con la mano infilata nella tasca degli eleganti pantaloni grigi dello stesso colore dei suoi capelli.

Quando si fu allontanato a sufficienza, Hunt lo indicò col mento. «Allora, chi è l'uomo nuovo?»

Esther gli diede una pacca sul braccio. «Lenard è un amico e non cominciare a ficcare il naso nei miei affari.»

Hunt alzò le braccia. «Pensavo che potesse essere una cosa reciproca.»

«No» gli rispose Esther. «Non con la tua madre surrogata. La mia vita amorosa è solo mia.»

Hunt si era sempre chiesto se Esther e suo padre avessero avuto una relazione nei suoi ultimi anni di vita. Nessuno dei due aveva mai detto niente che indicasse quel tipo di rapporto, ma il modo in cui Esther si era curata di loro come una madre... sembrava che potesse esserci stato un qualche tipo di accordo.

Già, ma il padre di Hunt non aveva mai superato la morte della moglie, quindi chissà? Non l'avrebbe mai saputo, visto quanto era "aperta" Esther. «Bene, tieniti i tuoi segreti. Per la cronaca, sembra un tipo piuttosto chic.»

Esther si guardò dietro la spalla e Hunt avrebbe giurato che stesse guardando il sedere di Lenard.

Buon Dio. Hunt rabbrividì mentalmente. «Giusto,» disse, «sarà meglio che vada a cercare mia moglie.»

«Fallo» gli disse Esther. «E poi leggi la lettera con lei.»

Hunt attraversò il ponte, salutando gli ospiti e cercando sua moglie. Finalmente la vide uscire dalla toilette. Sua moglie doveva fare pipì ogni ora in quei giorni, quindi avrebbe potuto scommettere che l'avrebbe trovata lì.

Le mise il braccio intorno alla vita e la tirò verso il suo petto prima che potesse svoltare l'angolo e tornare dagli ospiti. «Eccoti qui.»

«Hunt, dobbiamo tornare al ricevimento» disse Abby, ma stava sorridendo e si era rannicchiata contro il suo petto, con la pancia come una palla calda tra di loro.

«Tra un minuto» disse Hunt baciandola. Poi le passò le mani lungo i fianchi e gliele appoggiò sul sedere.

«Hunt, abbiamo organizzato una bella "luna di miele con figli". Abbiamo tempo per quello.» Si mise sulla punta dei piedi e guardò oltre la spalla del marito. «Gli ospiti ci stanno aspettando.»

«Esther mi ha dato una lettera e ha detto che avrei dovuto leggerla con te.»

Abby guardò la busta bianca che aveva tolto dalla tasca.

Hunt sbatté gli occhi. «In effetti penso che sia di... mio padre? È strano. Ha scritto lui il mio nome sulla busta.»

Aprì la busta e svolse la lettera. Amy si appoggiò al suo braccio per leggerla insieme a lui.

Caro Hunt,

prima che nascessi, tua madre desiderava una bambina, ma io volevo un altro maschio. Probabilmente non l'hai mai saputo, vero?

Di tutti i miei figli, tu sei quello che ha pescato la paglia più corta. Non hai potuto sperimentare abbastanza l'amore che tua madre provava per voi ragazzi. Io pensavo che perdere lei fosse la cosa peggiore che mi fosse capitata. Per poi scoprire che le decisioni che ho preso più tardi nella vita sono state quelle che mi hanno causato i rimpianti peggiori, quelli per cui non mi perdonerò mai.

Mi dispiace di non essere stato presente per te e i tuoi fratelli. Nella mia testa, voi ragazzi eravate il mio mondo. Pensavo di dimostrarvelo facendo del club un successo e non facendovi mancare nulla. Ho scoperto che essere un uomo d'affari di successo non faceva di me un buon padre. Sono solo riuscito ad allontanarvi. Adesso lo so e, credimi, sono stato male capendolo.

Non pensare nemmeno per un momento che tu non fossi voluto. Non sentirti in colpa o provare vergogna per la malattia di tua madre. Lei non avrebbe rinunciato a te per niente al mondo, e nemmeno io. Nemmeno per avere più tempo con tua madre.

È in te che la riconosco di più. Hai il suo sorriso e i suoi occhi ma ciò che mi ha colpito veramente, man mano che crescevi, era l'entusiasmo con cui abbracciavi la vita. Tu sei uno delle cinque benedizioni che sognavamo insieme, tua madre e io, e spero che un giorno proverai la stessa gioia che provavamo noi.

Solo, cerca di essere più presente del tuo vecchio caro papà.

Oh, e un'ultima cosa: non permettere a Levi di fare il prepotente con te. Ti portava in giro come se fossi suo figlio quando era ancora alle elementari. Allora era carino da vedere. Non più tanto quando hai cominciato le superiori. Quel ragazzo pensa di sapere tutto. Da quel punto di vista ha preso da suo padre. Ti vuole sinceramente bene, ma in realtà è sprovveduto come il resto di noi.

Fidati del tuo istinto. Sei sempre stato una brava persona e non ho dubbi che nella vita farai le scelte giuste.

Ti voglio bene,

Papà.

Hunt alzò lo sguardo, con gli occhi che questa volta erano veramente pieni di lacrime. «Accidenti.»

«Oh, Hunt» disse Abby, abbracciandolo stretto. «È una bellissima lettera. E che momento speciale ha scelto Esther per dartela.»

Hunt si asciugò gli occhi e Abby gli baciò la guancia. «Mi chiedo se i miei fratelli abbiano ricevuto una lettera anche loro. Sai, dopo essersi sposati, o innamorati.»

«Non lo so, dovresti chiederglielo.»

Hunt annuì e fece qualche respiro profondo.

Abbassò gli occhi su Abby e sorrise. «Sono l'uomo più fortunato al mondo. Ho un figlio, una bambina in arrivo e la moglie più incredibile che un uomo potrebbe desiderare.»

Abby sorrise. Ma poi il sorriso svanì. «Tranne che sono enorme.»

«Enorme, con la nostra bella bambina che cresce dentro di te. E questa notte ho intenzione di dimostrarti quanto penso che tu sia sexy.»

La faccia di Abby divenne rosso brillante. «Ti rendi conto che sono piena degli ormoni del secondo trimestre, vero? Sarà meglio che arriviamo a casa presto.»

«Non me lo devi dire due volte.» Hunt pensò di portarla in braccio attraverso la folla, poi ci ripensò. Non voleva rischiare che sua moglie venisse sballottata nelle sue condizioni. Si accontentò di tenerla stretta al suo fianco, affrettandosi tra la gente che voleva congratularsi e fare brindisi.

Sembrò che ci volesse un'eternità per arrivare a casa quella sera, con Noah che avrebbe passato la notte con la cuginetta Harlow. Hunt e Abby non avevano in programma di partire per la loro luna di miele fino al giorno dopo, quindi avevano una notte tutta per loro.

Si sedettero sul tappeto nella loro stanza, a gambe incrociate, e Hunt alzò un bicchiere di champagne. «Ti amo, Abby Cade. Grazie per avermi dato la migliore famiglia che potessi sperare di avere. Una famiglia che non ho mai pensato di avere, ma che ho sempre sognato.»

Abby si mise a piangere e alzò il suo bicchiere di succo di mela frizzante. «Grazie per aver difeso me e Noah. Perché mi ami. E perché *mi ami*.» E ammiccò.

Hunt inarcò le sopracciglia. Quello era un invito, se mai ne aveva ricevuto uno.

Abby si chinò per baciarlo e Hunt approfittò del suo equilibrio precario per farla stendere dolcemente sul pavimento.

Abby si mise a ridere. «Sei terribile.»

«E non dimenticarlo mai.»

Finirono a letto solo molto tempo dopo.

* * *

Cari lettori,

Spero vi sia piaciuto l'ultimo libro della serie dei Fratelli Cade, *La resa di Hunt*!

La prossima serie sarà: *Never Date*. Sono i cinque libri che precedono la serie dei Fratelli Cade e vi troverete personaggi come Jaeger e Cali, Lewis e Gen che avete già conosciuto nel volume *La resa di Hunt*. Il primo libro della serie è ***Mai con un amico di tuo fratello***. Come tutti i miei libri, anche ciascun volume di questa serie è autoconclusivo.

Xoxo

Jules

Leggete *Mai con un amico di tuo fratello*!

Ringraziamenti

Ogni autore vi dirà che finire una serie dà una sensazione dolceamara. Mi mancheranno i fratelli Cade. Mi è piaciuto osservare l'affetto che provano l'uno per l'altro prendere vita in ciascuna delle loro storie. E, ovviamente, vederli innamorarsi delle donne che li facevano ridere, amare e trovare la loro casa.

La lettera del padre alla fine di ognuno dei libri è saltata fuori nel primo volume, *La tentazione di Levi*, e, una volta lì, sapevo che ci sarebbe stata in tutte le altre storie. In un certo senso, la lettera del padre era una chiusura di cui avevano bisogno i fratelli per cominciare una nuova vita con le donne che amavano e mostrava loro un lato del padre che non avevano visto quand'era in vita. Perché a volte gli uomini non mostrano i loro sentimenti. Pensate un po'!

Come scrittrice, io mi limito a quello che so fare, perché conosco i miei limiti, quindi voglio dire un grande grazie alle persone di cui non so fare il mestiere e che si prendono cura di me. Amelia Wilde, di Tempting Illustrations, grafica straordinaria, per il suo lavoro sulle copertine, i miei editor, Arran, Martha e Chris.

Ho il privilegio di creare storie per vivere ed è tutto grazie ai lettori. Grazie perché condividete il viaggio con me ogni volta che aprite uno dei miei libri.

Libri di Jules Barnard

I fratelli Cade

La tentazione di Levi

La sfida di Wes

La seduzione di Bran

La riforma di Hunt

Serie: Never Date

Mai con un amico di tuo fratello

Mai con un donnaiolo

Mai con la tua ex

Mai con il tuo miglior amico

Mai con il tuo nemico

Potete trovare la bibliografia completa di Jules Barnard sul sito:

julesbarnard.com/i-libri-di-jules

L'Autrice

Jules Barnard è un'autrice bestseller di USA Today di romance contemporanei e fantasy romantico. Le sue serie contemporanee includono Mai frequentare e I fratelli Cade. Scrive Fantasy romantico sotto lo stesso pseudonimo con la serie Halven Rising che il Library Journal definisce "... un'eccitante nuova avventura fantasy." Che stia scrivendo di uomini sexy intorno al Lago Tahoe o di un mondo di fate inserito nel campus di un college, Jules racconta storie coinvolgenti, piene di cuore e umorismo.

Quando non è in tuta da ginnastica a scrivere, premiandosi con il cioccolato, passa il tempo con suo marito e i due figli in una cittadina sulla costa nordoccidentale del Pacifico. Dice di avere la capacità di leggere mentre corre sul tapis roulant o brucia la cena.

Per conoscerla meglio visitate il suo sito web:
julesbarnard.com/i-libri-di-jules